The Wicked Godmother

by M. C. Beaton

メイフェアのおかしな後見人

あるいは侯爵の結婚騒動

M・C・ビートン

桐谷知未・訳

ラズベリーブックス

THE WICKED GODMOTHER
by M. C. Beaton

メイフェアのおかしな後見人

あるいは侯爵の結婚騒動

レイチェル・フィールドに
愛をこめて

「F嬢は」とわたしは言う、
「お若くて感じのよい女性じゃありません？」
「ええ、もちろん！　そう聞いてますわ」G夫人が叫んだ。
「ええ、本当に！」母が応じた。
「あのかたはおいくつなんでしょう？
見た目より歳がいってそうですわね」
「あらそう」わたしは言う、「わたしには、
二十二、三歳にしか見えませんけど」
「あら、それは勘違いよ」G夫人が言う。
「お屋敷の執事からうちのジェーンが聞いたんだけれど
もう三十になるそうよ」
「まさか、そんなお歳だなんて！
だったらなぜ結婚なさらないのかしら」わたしは言う。

「F嬢は」とわたしは言う、
「四六時中、人助けをなさってるそうですすね。

あのかたが街へいらしたのは本当にありがたいことと
みなさんおっしゃってますわ」
それを聞いて女主人がため息をつき、
首を振ったので、わたしは言う、
「あのかたはとても親切ですわ、
貧しい人たちにあんなに寛大だなんて」
「確かに」G夫人が言う、「それは本当です、
でもたぶん、何か理由もあるんでしょうね。
ご存じでしょう、社交界には
下層階級の後援者と見られたがる人もいますから」

わたしはそこで話をやめて、
賛成はできませんけど、
あなたがおっしゃったことは
強く胸に響きましたわ、とだけ言う。

――ジェーン・テイラー

主な登場人物

ハリエット・メトカーフ……セーラとアナベルの後見人。
ハンティンドン侯爵……貴族。
ギルバート・ヴィア卿……ハンティンドン侯爵の友人。
ジョゼフィン・スペンサー……ハリエットの友人。
セーラ・ヘイナー……アナベルの双子の姉妹。
アナベル・ヘイナー……セーラの双子の姉妹。
ベリンダ・ロムニー……ハンティンドン侯爵の愛人。
ジョン・レインバード……執事。
ミドルトン夫人……家政婦。
アンガス・マグレガー……料理人。
ジョゼフ……従僕。
ジェニー……部屋係《チェインバーメイド》。
アリス……家事係《ハウスメイド》。
リジー……皿洗い係《スカラリーメイド》。
デイヴ……厨房助手。
ジョナス・パーマー……屋敷の管理人。
ルーク……ジョゼフの友人。

1

うわさ話は、ほんのいたずら心で軽く簡単に広まるが、当人には耐えがたく、追い払うのがむずかしい。どんなうわさ話も、多くの人が口にすれば、完全には消えなくなる。それもひとつの神の力だ。

――ヘシオドス

静かで小さいアッパーマーチャムの村で、これほど刺激的なスキャンダルが起こったのは初めてだった。

地元の名士で男やもめのサー・ベンジャミン・ヘイナーが亡くなり、広大な領地と全財産の管理を、貧しい紳士階級の女性ハリエット・メトカーフに任せた。メトカーフ嬢は、その領地と財産を、サー・ベンジャミンの双子の娘、セーラとアナベルが二十一歳になるまで預かることになった。双子はまだ十八歳で、後見人《ゴッドマザー》のハリエット・メトカーフも二十五歳という若さだった。

サー・ベンジャミンはハリエットの両親の親しい友人で、ふたりが亡くなったあとは、ことあるごとに壮麗な屋敷チョーリー・ホールでの正餐《ディナー》にハリエットを招いた。

しかし、多くの親戚たちはもちろん、誰もサー・ベンジャミンがハリエットのような者に遺言で私財の管理を任せるとは予想していなかった。

双子が二十一歳の誕生日を迎えれば、ハリエットはすべてを譲り渡して家族信託から得られるわずかな収入での暮らしに戻らなければならないという事実も、彼らの苦痛を和らげはしなかった。

ハリエット・メトカーフは、金儲《かねもう》けをたくらむふしだらな女に決まっているからだ。とにかく、その姿を見てみるといい。

ふわふわと揺れる豊かなブロンドの髪と、大きな藍色《あいいろ》の目。くっきりしたアーチ形の細い眉と、黒みがかった長いまつげ。ブロンドの女性は評判が悪い。しかし、疑われたのはそのせいではなかった。

ハリエットはたおやかで魅惑的な体つきをしていた。明るい性格だったが、地元民と親戚たちは、ああいう過度になまめかしい雰囲気を持つ女は身持ちが悪いに違いないと言い張った。サー・ベンジャミンは、目鼻立ちの整った男性だった。村人はメトカーフ嬢と故サー・ベンジャミン・ヘイナーの関係をあれこれ詮索し、うわさが立ち始めた。

それまで、ハリエットは尊敬され、とても好かれていたというのに。親戚から少しばかり嫌みを言われるのは覚悟していたとしても、村人から疑いや敵意を向けられるのは初めてだったので、ハリエットは傷つき、戸惑った。

じつを言えば、すべてのうわさは双子が出所だった。ハリエットに嫉妬《しっと》するあまり、自分たちの話は本当で、スキャンダルには真実味があると信じきっていた。セーラとアナベルは慎重にうわさを広めたので、その出所を知る人は誰もいなかった――もちろんハリエットもだ。双子が大好きだったし、たとえ短いあいだでも、ふたりの世話ができることを光栄に思っていた（故レディ・ヘイナーにとって、双子の出産は過酷すぎた。ふたりを産んで数時間後に夫人は亡くなった）。

サー・ベンジャミンは遺言でハリエットに、双子をロンドンに連れていってデビューさせてほしいと頼んでもいた。もし最初のシーズンで〝成功〟しなかったら、二度めのシーズンにも出してやってほしい、と。

身を切るように寒い十二月のある日に葬式が行われ、ハリエットはその後二週間近く泣き続けた。しかし、古くからの友人のためにできるだけのことをしたいと思い、涙をふいて、双子をロンドンに連れていく計画について考え始めた。

ハリエットは、村の外れに立つコテージに住んでいた。絵のようにかわいらしい、チューダー様式の小さく湿っぽい家だった。十七歳になるまでは、村の西側にあるザ・グレインジと呼ばれた立派なアン女王様式の屋敷に住み、何不自由なく暮らしていた。将来は安泰に思えた。当然、ハリエットはいずれどこかの高級保養地で社交界デビューし、そこで金より上品さを尊重する夫を見つけることになっていた。メトカーフ夫妻は自分たちの上品さを誇りにしていた。メトカーフ氏の口癖によると、メトカーフ家は、爵位を下品と見なしていなければ、公爵あるいは伯爵になっていたかもしれないそうだ。ハリエットは、両親の陳腐な上流気取りを少しも奇妙とは考えなかった。批判的になることを知らない娘だったので、両親を愛し、言いつけに従い、サー・ベンジャミンが両親の会話や服装や態度をしょっちゅうおもしろがる理由もよくわからないらしかった。メトカーフ家はアストリー円形劇場よりおもしろい、とサー・ベンジャミンは楽しそうに笑いながら言ったものだった。

その双子の娘が自分を嫌って妬《ねた》んでいるとは、善良なハリエットは思いもしなかった。被後見人たちのすばらしいドレスや社交上のたしなみにすっかり感心していて、礼儀正しいうわべに隠れた悪意が見えなくなっていた。

両親の死後、苦しい生活に陥ったことはじゅうぶん承知していた。両親はたくさんの借金を残したので、屋敷と家具は売り払われ、ハリエットはわずかな遺産でどうにか小さなコテージを買い、気むずかしい性格の、いつもよだれを垂らしている大きな雑種犬ビューティーとともに住んでいた。ハリエットはビューティーが大好きだった。人間の移り気とその他不可解さを思い知らされることは多かったが、女主人を献身的に愛し世界じゅうのその他おおぜいを嫌っている黒地に褐色のぶちの犬といっしょにいると、心が落ち着いた。

村に紳士階級の人はほとんどいないうえに、同世代の女性で両親が交際を許してくれそうな身分の人はいなかったので、サー・ベンジャミンの死後、ハリエットは人恋しくてたまらなくなった。遺言書が読み上げられる前は、村人のほとんどと挨拶くらいは交わしていたが、どういうわけか今では、商店の主人にまで横目でにらまれた。

両親が健在だったとき求婚してきた男性たちはみんな、〝まったくふさわしくない〟として退けられてしまい、今となっては、持参金もない二十五歳のオールドミスと結婚したがる男は、このあたりにひとりもいないようだった。

とはいえ、ひとりぼっちだったわけではない。しとやかで愛らしいハリエットと、アッパーマーチャムの教区に住むあなどりがたい独身女性ジョゼフィン・スペンサー嬢とのあいだには、奇妙な友情が芽生えていた。けれどこの二カ月、スペンサー嬢はバースへ湯治に行っていて、ハリエットが手紙を書いても返事を寄こさなかった。

双子には、自分の悩みのことで負担をかけたくなかった——父親の死という重荷に耐えるだけでやっとだろうから……。セーラとアナベルを敬愛してはいたが、気まぐれなサー・ベンジャミンが自分を——滑稽《こっけい》なほどの若さで——双子の後見人に指名したのは間違いとしか思えなかった。

雪の降る午後、ハリエットは寒くわびしい居間で腰をかけ、いったい次はどうすればいいのだろうと考えていた。そのとき表の庭から、怒りの叫び声と大きな吠《ほ》え声、続けて布を引き裂く音が聞こえてきた。

ビューティーだわ、とハリエットはうろたえながら考えた。

走っていって、コテージの低い扉をあける。戸口には、怒りに駆られたジョゼフィン・スペンサー嬢がいて、ビューティーのふさふさした細い頭を傘でたたいていた。

「まあ、ジョゼフィン」ハリエットは言った。スペンサー嬢をファーストネームで呼ぶことを許された人は、ごくわずかしかいなかった。「入ってちょうだい。やめなさい、ビューティー！　悪い子ね」

ビューティーはすぐさま通路で寝返りを打ち、四本の脚をまっすぐ空中に伸ばして、死んでいるだけでなく死後硬直まで始まったふりをした。

「わたしの外套《がいとう》を見てちょうだい」スペンサー嬢がわめいた。「あのばか犬」

「本当にごめんなさい」ハリエットは言って、友人を居間に招き入れた。「ほら、外套は縫い目のところがほつれただけだから、預けてくだされば、すぐに繕うわ」

スペンサー嬢が外套を脱いだ。「どうしてあんな犬を飼ってるのか、理解できない。狩りには役立たず、ペットとしても役立たず、凶暴で、大食らいで、みすぼらしくて……。うちの犬だったら、銃で撃ってやるのに！　わたしがあのけだものを嫌いだってことは知ってるでしょ。ずっと前から言ってなかった？　あら、泣かないでちょうだい」

ハリエットの青い目は涙でいっぱいだった。「そうじゃないのよ、ジョゼフィン」しゃくり上げながら言う。「あなたのように強くなれたらと思ったの。自分がとても弱々しく愚かに感じられて」

「落ち着きなさいな」ジョゼフィンがぶっきらぼうに言った。「勇気があればたいていのことはなんでもないって、わかってるでしょ。こっちを向きなさい」

ハリエットは涙をふいて、友人の姿を眺めた。スペンサー嬢を弱々しいと言う人は誰もいないだろう。しわのある少し黄ばんだ顔と、きらりと光る小さな黒い目をした頑健な女性だった。スペンサー嬢の年齢を知る人は誰もいなかったが、おそらく五十代だろうと思われた。おかしな山高帽をかぶり、お尻の部分がかなりゆるい紫色のビロードのドレスを着ている。三年前、教会の慈善バザーで初めてハリエットに会った。今でも、この年下の女性をどうしてこんなに気に入ったのかがわからないでいる。ハリエットはおとなしくぼんやりしているし、スペンサー嬢はふつう、機嫌のいいときでも同性とのつき合いを我慢ならないと考えていたからだ。

「わたしの手紙、届いたかしら?」ハリエットは尋ね、裁縫道具入れから針と糸を出して、スペンサー嬢の外套の縫い目を調べた。庭から哀《あわ》れな遠吠えが聞こえてきた。ビューティーが、少々足りない頭のどこかで、もう何もかも許され忘れられたはずだと考えて、家に入れてくれとせがんでいるのだ。

「あのむさ苦しい、動く敷物は、しばらく放っておきなさい」スペンサー嬢が言った。「ええ、手紙は届きました――ようやくね。わたしが泊まってたハリソン邸の人たちは、手紙をぜんぶ請求書だと思いこんでて、あなたの手紙を自分たちの未払いの勘定書といっしょに片づけてしまったものだから、二、三日前まで見つからなかったの。これでもできるだけ急いで来たのよ。じつに幸運なできごとね。じつに」

「ひどいことを言うのね!」ハリエットは叫んだ。「かわいそうな双子は、お父さまを亡くしたのよ。わたしは領地と財産を管理して、ふたりをデビューさせなくてはならないのに、どこから始めたらいいのかさえわからない」

「幸運と言ったのは、こういうことよ。双子が結婚するまでのあいだ、あなたはロンドンの高級住宅地で快適な暮らしができて、きれいなドレスを着られて、うまくいけば自分もいい結婚ができるかもしれないでしょ」

「でも、ロンドンのシーズンで付添い人を務められるような上等の服を買うお金がないわ」

「ハリエットったら」スペンサー嬢が言った。「領地の収入を使うのよ」

「そんなことできないわ」ハリエットは応じた。「だって、遺言書が読み上げられたあと、ドレーコット夫人が――サー・ベンジャミンの妹さんよ――すごく大きな声で、双子が成人する前に、わたしがうまく私腹を肥やそうとたくらむに決まってる、と言ったの。それに最近、村の人たちも、すごくよそよそしく冷たくなったわ。ドレーコット夫人が私の悪口を吹きこんだのかしら」

「ドレーコット夫人は、あなたもよく知ってるとおり、となりの州に住んでるし、この村の誰にも話しかけやしないわよ。あの双子、セーラとアナベルが、たちの悪いうわさを立てたんじゃないの？」

「まさか！」ハリエットはびっくりして叫んだ。「もちろん、あなたはふたりをあまり知らないでしょうけど、セーラとアナベルはどんなときでも完璧な淑女で、わたしよりしっかりしていて、ずっと世間に通じているのよ。うわさを立てるなんて下品なこと、するはずがないわ」

スペンサー嬢は、堂々たる身ぶりでふんと鼻を鳴らした。外から、またビューティーの哀れな遠吠えが聞こえた。「あの子を入れてあげてもいいでしょう、ジョゼフィン」ハリエットは頼んだ。「あなたがわたしといっしょに部屋にいれば、あの子も近づかないわ。ずいぶん久しぶりにいらしたから、あなたのことを忘れてしまったのよ。あまり賢くはないけれど、とても素直だし、あなたを除けばわたしの唯一の友だちなの。だから――」

「入れなさい」スペンサー嬢が不機嫌な声で言った。「そうしたら、具体的な話ができるかもしれないわね」

ハリエットが急いで部屋を出ていき、ほどなく小さな玄関広間から大喜びでキャンキャン鳴く声と、足で床を引っかく音が聞こえてきた。

ビューティーがハリエットの後ろからのろのろと入ってきて、女主人が座って縫い物を膝にのせるまで待ってから、すぐにその両足の上に寝そべり、片方の熊《くま》のような小さい茶色の目をスペンサー嬢に向けて敵意をあらわにした。スペンサー嬢は居間を見回して、これが初めてではないものの、男というのは誰も彼もがなんてばかなのだろうと考えていた。軽率にも、あんないいかれた遺言を残すなんて、いかにも男が、いかにも亡きサー・ベンジャミンがやりそうなことだ。かわいそうなハリエットにそれなりの金額を残して、確実に自立させてやるほうがずっと気が利いた方法だっただろうに。

居間は、ハリエットが乏しい財力で精いっぱいくふうして、きれいに整えてあった。グリセリンで長持ちさせた秋色の葉が、ろうそくを灯《とも》した部屋の影のなかで、青銅の水差しから光を放っていた。優雅なシェラトン風の椅子が二脚と、きれいな象眼模様《ぞうがんもよう》のテーブルがあったが、でこぼこした床に敷物はなく、暖炉は黒っぽい鉤《かぎ》や鎖がたくさんついたいかにも田舎家らしいつくりで、小さな厨房《ちゅうぼう》が増築される前は料理時にも使われていたことを示していた。

「何か、具体的な話をしかけていたわね」ハリエットは穏やかに促した。だいぶ落ち着きを取り戻していた。人生に対するスペンサー嬢の実際的な態度には、とても心強い何かがあった。

「最初にすべきなのは、サー・ベンジャミンの弁護士に会うことよ」スペンサー嬢が言った。「弁護士はきっと、あなたが付添い人をして双子を立派にデビューさせられるよう、領地の収入からじゅうぶんな金額を支払ってくれるでしょう。それに、シーズンのために家も借りてくれるはず。垢抜《あかぬ》けた高級住宅街を手配するのはちょっとむずかしいかもしれないけど、努力はすべきね。あなたがここにいるなんておかしいじゃない。双子の後見人兼付添い人として、チョーリー・ホールで暮らすべきでしょう」

「それは少し厚かましいような気がしたの」ハリエットは言った。

「ええ、そうでしょうとも」スペンサー嬢が言った。「そのことを心配しても、もう遅すぎるわね。あなたが考えるべきなのは、ロンドンへの移動よ。シーズンが始まる前に、できるだけ早く行く必要がある。地ならしをしておくの――小さなお茶会を開いて、社交界の女性たちと知り合いになりなさい。特に、結婚適齢期の息子がいるあらゆる女性たちと」

「何もかもが恐ろしくたいへんそう」ハリエットは言った。「世の中のことをあまり知らないし」

「ええ、人間のこともね」スペンサー嬢が応じた。

その声のきびしさに、ビューティーがハリエットの足もとで身動きし、黒い唇をゆがめてうなった。

「つまりね」スペンサー嬢が嫌悪の目をビューティーに向けながらも、慎重に口調を和らげて続けた。「あなたはヘイナーの双子をあまりよく知らないのよ。そんなばかな、と言いたいのはわかるけど、まあ考えてごらんなさい！　あなたたち三人が小さかったころも、いっしょに遊んだことはなかったはずよ。サー・ベンジャミンのそばにいるふたりを見てただけでしょ。聞くところによると、あの子たちは、ずるくて口うるさい女だった母親にそっくりだそうよ」

「ジョゼフィン」ハリエットは怒りに頬を染めて言った。「わたしはずっと昔からセーラとアナベルを敬愛してきたの。ふたりは上品さと、優雅さと、洗練された物腰を身につけているわ。正直に言うと、わたしには欠けているものよ。ふたりの礼儀作法は非の打ちどころがないわ。わたしは引っ込み思案で、人に会っても話すことが思い浮かばないの。ふたりは昔からわたしを歓迎してくれたし、両親が亡くなったときには本当に優しく親身になってくれたのよ」

「あなたがザ・グレインジに住んでたときには、よく訪ねてきたそうね」スペンサー嬢が言った。「ここへ引っ越してからは、何度訪ねてきた？」

「いったいどうしたっていうの、ジョゼフィン？」ハリエットはとがめるように言った。それから、ぱっと表情を明るくした。「どうしてそんなにピリピリしているのかわかったわ。長旅の疲れが出たのね。それに、わたしの悩みばかり話して、あなたのバースでの経験についてはひとことも聞いていなかったわ。出会った人たち全員について、話してくださらない？　温泉は、憂鬱《ゆううつ》に効き目があった？」

　スペンサー嬢は、ヘイナーの双子に対するハリエットの忠誠心はぐらつきそうにないと、重い気持ちで考え、腰を下ろして、シーズンオフのバースに集まった人々についての辛辣《しんらつ》批評で若い女主人を楽しませ始めた。

ハリエットは座って耳を傾けながら、スペンサー嬢の外套のほころびを繕い終え、少なくとも友人が双子の批判をやめてくれたことにほっとしていた。

ちょうどそのころ、アッパーマーチャムから北へ一キロほどの位置に立つチョーリー・ホールに、セーラとアナベルが戻ってきた。州庁所在地バーミンスターにいる父の弁護士を訪ね、無益な時間を過ごした帰りだった。

ふたりは玄関広間に立って、外套を脱ぎ、一階の小さな応接室から聞こえてくるがやがやという話し声に耳を澄ました。サー・ベンジャミンの義妹のジャイルズ嬢は、葬式のあとずっと居座り、出ていこうというそぶりをまったく見せなかった。父の弟であるピーター・ヘイナー氏も、その妻エイミー・ヘイナー夫人もだ。

「今は、あのなかの誰にも耐えられそうにないわ」セーラは言った。「二階の居間に行きましょう、アナベル。作戦会議をしなくちゃ」執事を振り返る。「ビギンズ、わたしたちが戻ったことを、あの人たちの誰にも言うんじゃないわよ」そしてアナベルの腰に腕を回し、いっしょにオーク製の大階段をのぼった。

「さて、あのうっとうしいハリエットを、どうしてやろうかしら?」セーラは言って、居間の扉を押しあけた。「暖炉にもう一本薪《まき》をくべてちょうだい、アナベル。毎回呼び鈴を鳴らしてなんでもかんでも使用人にやらせてはだめよ。ふたりきりで話す暇がなくなるじゃない」

「使用人は仕事をするためにお給料をもらってるのよ」アナベルはぶつぶつと言ったが、ひどい怠け者なので、気の強いセーラと言い争うことはめったになかった。

ヘイナーの双子は、性格の違いが外見を形づくることがなければ、そっくりだったかもしれない。セーラは痩せていて元気いっぱい、アナベルはふっくらしていて無気力だった。セーラはいつでもあらゆることに熱中するが、アナベルは人生のたいていの浮き沈みに対して、たまにぶつぶつ言うだけで対応していた。だから、どんな問題についてもセーラに対処してもらうことに慣れてしまった。それでも、社交の場では、瓜《うり》ふたつであることが際立った。どちらも同じ礼儀作法を身につけていたからだ——一種の上品な女らしさで、たとえば何度も抑えたくすくす笑いをしたり、扇子をぱたぱた振ったり、あきれたように目を上向けたり、まったく取るに足りない話題に限った会話を交わしたりする。要するに、ふたりは育ちのいいデビュー間近の女性に期待されるとおりのことをうまくやっていた。もし低い階級に属していたなら、あまりきれいとは見なされなかっただろうが、莫大《ばくだい》な財産のおかげで、たとえばジョゼフィン・スペンサー嬢ほど皮肉屋でない人の目には、ふたりの外見に輝きが加わって見えた。

どちらも豊かな茶色い髪を伸ばし、流行の服を着ていた。どちらもまっすぐな小ぶりの鼻と、小さくとがった薔薇《ばら》のつぼみのような唇をしている。しかし、どちらも少し血色が悪かった。あまり見栄《みば》えがしないパステルカラーのドレスを好んだうえに、流行《はや》りのハイウエストがセーラの細い体にはゆるすぎ、アナベルのふっくらした体には似合わなかった。アナベルの場合はおもに、極端に細くきつく仕立てたドレスを着るせいだった。

双子は先ほど、弁護士のグラッドストーン氏から――ふたたび――遺言の条件が何もかも明白であることを知らされた。ハリエット・メトカーフ嬢が、ふたりをロンドンへ連れていき、社交界デビューさせる。それについては変更のしようがない。セーラが、ハリエットは父を惑わせた陰謀家で、わたしたちの財産を使い果たして何も残さないつもりだと息巻いてもむだだった。グラッドストーン氏はきっぱりと、メトカーフ嬢がイギリス随一の正直な女性であるというサー・ベンジャミンの意見――グラッドストーン氏自身も賛成している意見を伝えた。領地の管理と運営は、サー・ベンジャミンの生前と同じ形で、代理人のロバート・ワイコフが行う。もちろんワイコフ氏は、あらゆる問題についてメトカーフ嬢に相談する。次にセーラは、メトカーフ嬢がなんの人脈も持っていない田舎者で、ロンドンのシーズンで自分たちの付添いをするにはふさわしくないことを主張した。しかしグラッドストーン氏は冷たく、メトカーフ嬢がきっと最善を尽くすはずだし、もしヘイナー嬢たちが自力でもっとうまくやれると思うなら、二十一歳まで待つしかないと応じたのだった。

「法的にハリエットをどうにもできないのなら」アナベルは思いきって言った。「このままロンドンまで付添わせたほうがいいと思わない？」

「そして、わたしたちからお金を巻き上げるのを黙って見てるの？」セーラが問いただした。

「わたしだってあの女が嫌いよ、セーラ」アナベルは言った。「でも、頭の弱いあの女が、自分に与えられたぶん以上のお金を取るかどうかは、なんとも言えないと思うわ。まあとにかく、彼女は本人がまわりに信じさせようとしてるほど優しく無邪気じゃないものね。わたしたちからお父さまの愛情を横取りしたんだし。そうでしょう？」

「いずれそのことを後悔させてやるわ」セーラが言って、骨張った両手を炎にかざした。

「あなたもたまにはいいことを思いつくじゃない、アナベル。ロンドンへ行きましょう。わたしもあなたも、ガンター姉妹に負けないくらいきれいなんだしね。たぶんふたりとも、シーズンが終わるまでには婚約できるわ」

「ガンター姉妹とわたしたちを比べないでちょうだい」アナベルはくすくす笑った。ガンター姉妹とは、前世紀に夢のような結婚をして有名になった人たちだ。「姉妹が、ジョージ二世に謁見《えっけん》したときの話を知ってる？　老いた国王が、わたしはさらしの刑《パブリックディスプレー》が好きではないのだとぼやかれたとき、ガンター姉妹のひとりが、朗らかにこう言ったそうなの。〝わたしもですわ、国王陛下。わたしが見たい公開の催《パブリックディスプレー》しは、次の戴冠式だけです！〟」

セーラが体を折り曲げるようにして笑い転げた。ようやく、にじんだ涙をふきながら言った。「ハリエットがこずるいやりかたで紳士たちの視線をわたしたちから引き離さないように、手を打たなくちゃ。あの女が、どうやってお父さまに娘として愛されるように仕向けたか、知ってるわよね。あれがどうしても許せないの。もしハリエットがお父さまを誘惑して、愛人候補に見られようとしたのなら、まだ耐えられたかもしれない。でも、ぼんやりした青い目でそこに座って、聖女ナントカのふりをしてるところなんて、見てて吐き気がしたわ」

「それにお父さまは、ハリエットの悪口には耳を貸そうとしなかったわね」

「ロンドンに着くまで、待っていらっしゃい、ハリエット・メトカーフ嬢。あの街では、あなたの無邪気な田舎臭《いなかくさ》いやりかたは、退屈だと思われるはずよ」セーラは片眼鏡《かためがね》を目に当てるふりをして、アナベルを偉そうに見つめた。「おやおや」低い声で言う。「美しいへイナーの双子に付添っているあのおかしな乳搾《ちちしぼ》り女は誰かね？」

「いやだ、おもしろすぎるわ」アナベルが言って、またくすくす笑い始めた。セーラがふざけて軽くアナベルをたたき、ふたりはソファーの上で転げ回った。メトカーフ嬢が受ける当然の報いについて考えると、笑いが止まらなかった。


翌日ハリエットとスペンサー嬢は、弁護士のグラッドストーン氏を訪ねるためにコテージを出たところ、庭門からその弁護士が現れたので驚いた。バーミンスターまで出かける手間が省けて喜んだ女性たちは、弁護士をコテージの居間に招き入れ、ハリエットは悩みを打ち明けた。グラッドストーン氏はすっかり安心させてくれた。領地の事務上のことは、これまでどおり処理される。お金のことは、弁護士自身が取り仕切る。ハリエットは、双子が成人するまでのあいだ、手当を受け取れるだろう。シーズン用の屋敷探しについては？　グラッドストーン氏が得意げに微笑《ほほえ》んで、大きなポケットからくしゃくしゃになった《モーニング・ポスト》を出した。

「勝手ながら、この新聞広告に応募させていただきました」弁護士が言った。「広告に出ている屋敷は高級住宅街にありますが、値段はとても手ごろです」

グラッドストーン氏が新聞の第一面に掲載された広告を指さした。

ハリエットとスペンサー嬢は身を乗り出して読んだ。

「社交シーズン用の貸家あり」

紳士の邸宅。

メイフェア、クラージズ通り六七番地。

家具付の街屋敷。熟練の使用人ぞろい。家賃：英貨八十ポンド。

お申し込みは、ホルボーン二五番地のパーマーまで。

「すばらしいわ！」ハリエットは言った。

「こんな高級住宅街にしては、安すぎるわね」スペンサー嬢が心配そうに眉をひそめて言った。「どこかに問題があるんじゃないかしら」

2

雨は正直者の上に降る
そして不正直者の上にも降る。
だがおもに正直者の上に降る、なぜなら
不正直者が正直者の傘を盗むからだ。

――ボーエン男爵チャールズ

何週間も何週間も、雨が降り続いていた。雨は雨樋《あまどい》のなかでカラカラと音を立て、ロンドンの通りの中央に走る下水溝を流れていった。雨は無情な平等の原理に従って、セヴンダイヤルズのスラム街にも、メイフェアの静かな通りにも降り注いだ。
国営くじを売るそりが、クラージズ通りを引っかきながら行き過ぎた。進むにつれて波が起こり、それが小さなナイアガラの滝となって、クラージズ通り六七番地の外階段を流れ落ち、従僕のジョゼフがはいていた白い絹のストッキングに泥水を浴びせた。最悪のときに扉をあけ、洪水の影響をまともに受けてしまったのだ。ジョゼフは怒った鸚鵡《おうむ》のような甲高い声で叫び、引き返して厨房を抜け、使用人部屋に戻った。

「ぼくのストッキングを見てよ」ジョゼフはわめいた。「真っ黒になっちゃったあ」

「早くはき替えなさい」執事のレインバードが苛立《いらだ》たしげに言った。「世界の終わりというわけじゃないだろう」

しかしジョゼフ――背が高く、金髪で色白の、なよなよした見栄っぱりの従僕――は、機嫌を直さなかった。「世界の終わりですよ」悲しげに言って、レインバードのとなりの席に着き、片方のバックル付の靴を脱いで、床に水を空けてから、ストッキングを脱いだ。まるで初めて見たとでもいうように、自分の素足を驚きの目でじっくり眺める。「こんな雨、今まで記憶にありませんね」ジョゼフが上品ぶったおかしな口調で続けた。「雨ばっかり、シーズンの借り手はつきやしない」

「そのことだが」レインバードは慎重に言った。「ジョナス・パーマーから、きょう訪ねてくるという手紙を受け取った。もしかすると、いい知らせがあるのかもしれない」

数組の希望に満ちた目が、執事のほうに向けられた。六七番地の使用人たちは、朝食をとり終えたところだった。レインバードとジョゼフのほかに、テーブルを囲んでいるのは、スコットランド人の料理人アンガス・マグレガー、家政婦のミドルトン夫人、部屋係《チェインバーメイド》のジェニー、家事係《ハウスメイド》のアリス、皿洗い係《スカラリーメイド》の小さなリジー、そして厨房助手のデイヴ。彼らは不思議な取り合わせの一団で、奇妙な成り行きから強く結びついた仲間、というより家族になっていた。

クラージズ通り六七番地は、今も不運に取りつかれていた。持ち主は第十代ペラム公爵で、第九代公爵はその屋敷で首をつって自殺していた。ここ二シーズンはどうにか借り手がついたものの、屋敷で暮らすあいだ彼らの身に次々と大事件が起こったので、上流社会の人々はそこを街屋敷として選ぶことにまだ慎重だった。代理人のパーマーは使用人たちに最低限の賃金しか払わず、若い主人には高い賃金を負担させていた。しかもレインバードとジョゼフについて芳しくない情報を集め、仕事を辞めようとすれば破滅させてやると脅していた。ほかの者たちを引き留めるには、推薦状を書かないと言うだけでよかった。推薦状も持たずにロンドンで仕事を見つけるのは不可能だし、持っていてもめったに見つかりはしない。昨年の借り手で新婚のレディ・トレガーサンが、みんなのために熱烈な推薦状を書いてくれたのだが、自分たちをまとめて雇ってくれる屋敷などないことはわかっていた。彼らは強いきずなで結ばれていたので離れ離れになるのをいやがり、いつかじゅうぶんなお金が貯《た》まったら、宿屋を買って共同経営することを夢見ていた。

レインバードは家族の〝父親〟だった。四十がらみのがっしりした男で、しなやかな軽業師を思わせる体と喜劇役者のような顔をしている。ミドルトン夫人――〝夫人〟というのは名目上の敬称だが――は、苦しい生活に陥ってしまった副牧師の娘だった。フランス人が遠回しに言うところのもう若くはない女性《ダサーターナージ》で、おびえた兎《うさぎ》のような顔をしていたが、そのほとんどは、いつもかぶっている帽子の糊《のり》の利いた大きなへり飾りの陰に隠れていた。料理人のマグレガーは気性の激しいスコットランド人で、火のように赤いもじゃもじゃの髪に似つかわしいかんしゃく持ちだった。チェインバーメイドのジェニーは黒髪ではしこく、きびきびと神経質に動いた。それとは対照的に、ハウスメイドのアリスは金髪でふっくらとしていて、ゆっくりけだるそうに動き、濃厚なクリームのような声をしていた。小さなリジーは、雇われた当時の宿なし子のような姿とはだいぶ変わり、青白い顔と豊かな栗色の髪と子犬のような大きなあどけない目をしていた。今は、決まった席であるテーブルの端ではなく、ジョゼフのとなりに座っている――とはいえ、屋敷に借り手がいないときには、ほとんど誰も使用人の序列を気にしなかった。リジーはただのスカラリーメイドだが、ほかの者たちから荒っぽくも愛情のこもった扱いを受けていた。厨房助手のデイヴは、痩せっぽちの小さなロンドン子だった。まだ十四歳だったが、幼いころから煙突掃除の見習いをさせられたせいで背が伸びなくなり、老けた顔をしていた。

使用人たちはみんな、ペラム公爵の代理人であるジョナス・パーマーを憎んでいたが、グローヴナースクエアにもっと大きな街屋敷を持っている若い公爵が自分たちの存在に気づいていないとは知らなかった。公爵はオックスフォード大学での学業を終え、ナポレオンの軍隊と戦うためにイベリア半島へ向かったとのことだった。

ここ二シーズンは、さまざまな冒険のあと何もかも丸く収まったのだが、屋敷は不運という評判を失っていないらしく、賭博熱が高まり迷信がはびこるこの時代、使用人たちの将来は不確かなままだった。先代のペラム公爵がここで首つり自殺したという事実だけでも、屋敷に呪いをかけるにはじゅうぶんに思えた。そこに階級制度の力が表れていた。使用人の自殺は驚くほど頻繁にあるが、彼らが世界に別れを告げても、主人の街屋敷が評判を落とすことはない。しかし公爵の自殺となると——そう、それはまったく別の話だ。

クラージズ通りの使用人たちは、娘の結婚相手を探す母親と同じくらい、シーズンの成功に頼っていた。賃金が恐ろしく少なかったので、シーズンの催しでもらえる心付けを期待していたのだ。

レインバードは立ち上がった。「パーマーが来る前に、屋敷をちりひとつ落ちていない状態にしなくては」執事は言った。「ジョゼフ、通りへ漕ぎ出るより、仕事に身を入れたほうがいいぞ」

「通りにすらたどり着いちゃいないですよ」ジョゼフが愚痴《ぐち》を言った。スープ鍋に脂《あぶら》の膜が浮いてくるように、気取った口調にもともとのロンドン訛《なま》りが混じり始める。「いまいましい扉をあけたとたん、波に襲われちまったんだから」

「どうしてそれを言わなかったの！」ミドルトン夫人が叫んだ。「デイヴ、ぞうきんを取ってきて、リジーを手伝ってよごれをふいてちょうだい。ジェニーとアリス、いっしょに来て。表の居間を整えなくちゃ」ふたりのメイドが家政婦のあとに続いて階段をのぼった。

家はこの時代の典型的な街屋敷で、縦に細長かった。一階には玄関広間と、表と奥の居間から成る応接室があった。二階には食堂とその奥に位置するふたり用の寝室、三階には寝室がふた部屋ある。最上階の屋根裏は、リジーとデイヴを除く使用人たちの寝室だった。リジーは流し場のわら布団で、デイヴは厨房のテーブルの下で寝ていた。

すべての家具が日よけの布で覆われ、すべての時計が静まり返っている部屋には、不気味な雰囲気があった。まるでシーズン以外の時間は数に入らないかのように。まるで時が待っているのは、ロンドンの社交シーズンがもたらすあの大騒ぎや華《はな》やかさ、うわさ話や傷心が戻ってくることだけであるかのように。

ジェニーとアリスは、表の居間の椅子から日よけの布をはいで束ねた。「とにかく、椅子の詰め物を外さずに済んだわね」ジェニーが言った。使用人たちは過去によく、ベッドや椅子の詰め物を外して売ることで、乏しい収入を補っていた。つまり、座ったり横になったりしたときの不快さで、六七番地がどれほど困窮しているかが常に測れるのだった。昨シーズンはとても実入りがよく、初めて全員が悪くない冬を過ごした。しかし、資金は残り少なくなってきた。

去年の十月、ジョゼフはニューマーケットの競馬でプライムワンが勝つと確信し、レインバードとミドルトン夫人以外の全員を説得して貯金のほとんどをそのすばらしい馬に賭けさせた。しかしプライムワンはコースの途中で鼻先から転び、執事と家政婦はかんかんに怒りながらも、自分たちの貯金を使いきって、残りの恥じ入る無一文の使用人たちに暖を取らせ、食事を与えなくてはならなかった。

ジェニーとアリスがほこりを払い、家具を磨くあいだ、雨は窓ガラスをしたたり落ちていた。「この部屋は寒いわね」ミドルトン夫人は言った。「ジョゼフを呼んで、火を焚《た》いて時計を巻いてもらいましょう。パーマーさんは、いつでも借り手を受け入れられるようにしておけとおっしゃるでしょうからね」

ほどなく暖炉で火がパチパチと音を立て、時計は忙しく時を刻み、カチカチ音とチャイムで期待感をかき立てた。クラージズ通り六七番地に時間が戻ってきた。あと必要なのは、借り手だけだ。

ジョナス・パーマーは、不意をつこうとして一時間早く来たが、レインバードは代理人のやりかたに慣れていたので、到着予定時刻の少なくとも三時間前までに、全員にしっかり準備をさせていた。

「アリスはどこだ?」パーマーが問いただして、表の居間にお茶を運んできたジェニーを、飛び出た目でにらんだ。

「アリスは使いに行っています」レインバードは答えた。代理人がいつも、美しいアリスの体にいやらしい視線を這《は》わせるのが気に入らなかったので、ハウスメイドには地階から出ないよう言っておいた。ジェニーが部屋を出ていき、レインバードは期待をこめて代理人を見た。

「おまえたち、景気がよさそうじゃないか」パーマーが不機嫌そうに言って、ずんぐりした両脚を火のほうへ伸ばし、手入れの行き届いた居間をちらりと見回した。レインバードは辛抱強く待った。パーマーと言い争ってもむだだ。

パーマーが音を立ててお茶をすすった。驚くべきことだ、とレインバードは考えた。カップにスプーンを入れたままで、どうやって目に突き刺すことなくお茶を飲めるのだろう。

「先日、公爵さまとお話しした」パーマーが言った。「ご主人さまによれば、六七番地の使用人たちの給料は高すぎるとのことだ」

レインバードは、にわかに灰色の目を疑念に鋭く光らせて、パーマーを見た。「ペラム公爵は、わたしたちがいくらもらっているかご存じなんですか？」

「もちろんご存じだとも。わたしが定期的に帳簿を見せに行ってるじゃないか」

「イベリア半島はどうでした？」レインバードはにこやかに尋ねた。「暑かったですか？」

「なんだって？」

「ペラム公爵は、昨年の夏からポルトガルにいらっしゃいます。あなたが公爵さまと話したのなら、その目的を果たすために、高い山々を越えて行ったのでしょうね」

「わたしに向かって小賢《こざか》しい口をきくんじゃない」パーマーが真っ赤になってどなった。「おまえは、わたしがいなければ仕事にも就けない女たらしにすぎないんだからな」

レインバードは、かつてトランピントン卿の屋敷で働いていたが、一糸まとわぬレディ・トランピントンとベッドをともにしているところを見つかって解雇された。ほとんど奥方にベッドに引きずりこまれたようなものだという事実は考慮されなかった。レインバードは不名誉な形で解雇され、パーマーがいなければ次の職を見つけるのにひどく苦労したはずだった。トランピントン卿が、耳を傾ける気のある誰も彼もに、レインバードをいかれた強姦魔《ごうかんま》だと訴えていたからだ。

悪いのはいつも使用人。社交界の男性は、外で食事するときには従僕を連れていくのがしきたりだ。従僕の仕事は、食事が終わったらテーブルの下から主人を引っぱり出し、どこかのメソジスト派信徒に飲酒について意見されることなく家に連れ帰ること。しかし、たとえばテーブルのまんなかで〝アントルシャ〟（バレエで、空中に飛び上がって両足を打ちつけながら交差させる動作）をやってみせると言い張ったある貴族のように、もし主人がひどいふるまいに及んで泥酔状態が隠せなくなったとすれば、飲ませすぎを責められ解雇されるのは従僕なのだ。

レインバードは黙っていた。おとなしく、じっくり待つことさえできれば、代理人が訪問の本当の目的を話し始めるに違いないと考えたからだ。

そのとおりになった。レインバードをけしかけることに失敗したパーマーは、つまらなそうにため息をついてから言った。「来月、借り手が到着する。どうやら女どもらしい。彼女たちの弁護士に会った。サー・ベンジャミン・ヘイナーという人物が死んで、残された娘ふたりの世話を二十五歳のメトカーフという独身女性に任せた。そのメトカーフ嬢が、娘たちを連れてやってくる。今度も、侍女の部屋をどうするかが問題になるな」

レインバードは顔をゆがめ、パーマーがものめずらしそうにその顔を見た。レインバードは、昨シーズンここに住んでいたフランス人の侍女に恋をしたのだ。

「昨年は」レインバードは慎重に平静を装いながら言った。「ミドルトン夫人が裏階段にある居間を明け渡さなくてはなりませんでした。今回は、その必要はないでしょうね」

「それはメトカーフ嬢しだいだ。彼女に任せろ。彼女は、おまえには目新しい存在になるだろうよ、レインバード。弁護士によれば、イギリスじゅうでいちばんの聖女だそうだ」

「すばらしい」レインバードは応じた。「聖女の借り手なら、使用人の暮らし向きを気《き》遣《づか》ってくれるでしょう。いやむしろ、貴婦人なら誰でも使用人を気遣ってくれます。使用人にひどい仕打ちをするのは、貴婦人でも紳士でもない者だけです」

「わたしのことか」パーマーが言った。その顔がみるみる不穏な色に染まった。

レインバードは、まるでこの残忍なパーマーが卒中を起こしてこの世を去り、平和をもたらしてくれることを望むかのように、興味津々の目で観察した。しかしパーマーはすぐに回復して、家計簿を見せろと求めた。

やっとのことで、苦難は終わった。ミドルトン夫人は自室に家計簿を戻し、思いきり泣いて自分を慰めた。パーマーに情け容赦《ようしゃ》のない無作法な扱いを受けると、いつも乱暴されたかのような気分になった。涙をふいて目を上げると、レインバードが部屋に入ってきた。

「ああ、レインバードさん」ミドルトン夫人は言って、あわてて立ち上がった。「すみません、泣いてしまって、目が真っ赤になっているし……」

「気にしなくていい」レインバードは言った。「わたしたちふたりを慰めるためのブランデーを少し持ってきたよ。ほかの者たちにも分けてやるべきなんだが、彼らは今この瞬間、わたしたちほど慰めを必要としていないからね。あの下劣な男には、本当に腹が立つ！　それに、わたしたちは、働いて稼いだ金をどこかの役立たずの馬に賭けて失うようなまねはしなかった」

「だけど、彼らを責めることはできないんじゃないかしら」家政婦が言った。「ジョゼフが賭けをとても魅力的に思わせたし――あなたがあそこまで強く反対しなければ、わたしもきっとジョゼフにお金を渡していたわ、レインバードさん。わたしたちはみんな、あなたほど賢くはなれないのよ」ため息をついて、崇《あが》めるようにレインバードを見たが、執事はブランデーを注《つ》ぐのに忙しく、愛に満ちたまなざしには気づかなかった。

「さて、ミドルトン夫人」レインバードは言って、家政婦の向かい側の古びた肘掛け椅子に腰を下ろした。「次のシーズンは、かなり期待できそうだ。パーマーが言うには、メトカーフ嬢というかたが新しい借り手になる。本人もとても若いが、付添い人として若い令嬢ふたりをデビューさせるそうだ。新しい借り手の弁護士によれば、そのメトカーフ嬢は聖女のようなかたらしい。賃貸期間中、わたしたちの賃金を、せめて払われてしかるべき水準まで上げてくれるよう頼んでみよう。どうやら侍女を連れてくるようで……」

ミドルトン夫人がまた悲しげな顔をした。前回やってきた侍女は、家政婦の居間を自室にしただけでなく、レインバードの心まで奪った。「わたしが思うに」レインバードは穏やかに続けた。「今度の侍女は、ジェニーとアリスの部屋を共同で使うことに文句は言わないだろう」

「そう、いいかもしれませんね」ミドルトン夫人は慎重に言った。「屋敷に女性ばかりをお迎えするのも。あなたに向かってこんなことを言うのは失礼ですけど、男性よりずっとお世話が楽ですしね。ええ、若い女性たちがいらっしゃれば、目先が変わって楽しいでしょう」

ジョゼフィン・スペンサー嬢は、雨のなか大きな絹の傘をさして、ヘイナー嬢たちとハリエットがチョーリー・ホールを発《た》つしたくをするのを見ていた。ハリエットとビューティーとハリエットのくたびれたトランクを、自前の一頭立て二輪馬車で村から運んでやったのはスペンサー嬢だった。

屋敷を出る前に双子といくらか話し、ふたりがハリエットに優しく接していることにほっとした。何も心配することはなかった。

しかし双子は、ビューティーもロンドンへ同行することに初めて気づいたかのようだった。

「その雑種犬を社交界に受け入れてもらうなんて、どう考えても無理よ」セーラがくすくす笑った。「そんな駄犬はスペンサーさんにお預けなさいな。きっとあなたの代わりに面倒を見てくださるわ」

ハリエットが決まり悪そうな顔をした。「ごめんなさい、セーラ。でもどうしても連れていきたいの。あなたには近づかせないようにするわ。とてもいい番犬になるのよ」

「ばかねえ」アナベルが言った。「あなたったら、何もわかっていないのね、ハリエット。犬は残るのが当たり前よ」

「これだけは譲れないわ」ハリエットは言った。ビューティーにはたっぷり食事を与えて、いつもより少しでも穏やかで近づきやすく見えるようにしておいた。

「どうしてもと言うなら、エミリーといっしょに荷物用馬車に乗せればいいわ」エミリーとは、双子の侍女のことだ。スペンサー嬢は、エミリーに好奇の目を向けた。赤茶色の髪と一風変わった黄色っぽい色合いの目が、狐《きつね》を思わせた。エミリーはふたりの女主人を横目でちらりと見てから、薄い唇を曲げてかすかに顔をしかめた。

「それはあまりいい考えじゃないと思うわ」ハリエットは言った。「わたし——」

ビューティーが突然、歯をむき出しにして、双子に向かって犬らしい邪悪な冷笑を浮かべた。そして喉の奥から、脅すような低いうなり声をあげた。

「そう、わかったわ、ハリエット」セーラが言った。「でも、あなたって本当に変わっているわね」

「ありがとう」ハリエットが明るく微笑んで言った。従僕が馬車の扉をあけて押さえていた。ハリエットはビューティーをなかに乗せてから、あとに続いて乗りこんだ。

そのとき、スペンサー嬢は、セーラがアナベルを振り返り、天に向かってぐるりと目を回して大げさなあきらめの表情をつくるのを見た。次にセーラは、誰かの首を絞めるまねをしてみせた。アナベルがヒステリックに笑い、そのあとふたりはハリエットに続いて馬車に乗った。

スペンサー嬢は今の光景を払いのけるかのように、首を振った。犬もいっしょに連れていくと言い張るハリエットに、誰もが苛立つのは当然だ。ひどく醜い犬なのだから……。一方で、あのとき双子がスペンサー嬢の存在を忘れていたことはわかっていた。ふたりから発される軽蔑と嫌悪の気持ちが、ほとんど手で触れられるくらいはっきり伝わってきた。

スペンサー嬢は馬車の窓に歩み寄った。ハリエットは馬に背を向けて座り、ビューティーはその足もとに伏せていた。

「さようなら、ハリエット」スペンサー嬢は言った。「助けが必要になったら、手紙を書いてちょうだい。すぐにロンドンへ向かうわ」

「さようなら、ジョゼフィン」ハリエットが目に涙を浮かべて友人を見つめながら言った。「助けが必要になることはないと思うけれど、もちろん、どちらにしても手紙を書くわ」

「さようなら、スペンサーさん」双子が、まさに礼儀作法のお手本といった物腰で、声をそろえた。

スペンサー嬢は後ろへ下がり、不安を追いやった。双子はとても愛想のよい少女たちだ。すべては思い過ごしに違いない。

御者がぴしりと鞭《むち》を鳴らした。馬車が私道を走り始めた。ハリエットのレースのハンカチが、少しのあいだ窓のところではためいた。馬車は屋敷の門を抜け、すばやく曲がってロンドンへ向かう通りに出た。

スペンサー嬢は自分の一頭立て二輪馬車に乗り、手綱《たづな》を握った。人生が虚《むな》しく味気なく感じられた。頭のなかで、ロンドンに住むあらゆる友人や親戚の名前と住所を思い起こす。もしかすると、ちょっと訪ねてみるのもいいかもしれない。社交界に出るハリエットの姿を見るために。

これは双子のデビューであるだけでなく、ハリエットのデビューでもあるのだから。

3

さあ、払いなさい、ジェームズ！　安いものだよ。
気がとがめるね！　辻馬車の料金といったら！
だが気にするな、無事に帰り着いたのだ
地元のクラージズ通りに。

――H・D・トレイル

最初、まるで六七番地の屋敷は、前世紀の初めに建てられて以来、またとないほど平穏な時期を迎えたかに思えた。

レインバードからデイヴに至るまでの全員が、こんなに優しく魅力的な貴婦人たちは見たことがないと口々に言った。

メトカーフ嬢は、到着後ほどなくレインバードに賃金を上げるように頼まれ、弁護士のグラッドストーン氏に手紙を書いて許可を求めることを約束した。グラッドストーン氏は返事を寄こし、使用人が求めているのは妥当な金額と考えられるので、増額分を支払うことを許可すると伝えた。しかし、西暦一八〇九年の今、使用人たちに安すぎる賃金を支払っていることについて、パーマー氏に苦情の手紙を書くとつけ加えた。

当初ハリエットは、保護下にある女性たちにふさわしい交際相手をどうやって見つければいいのか見当もつかなかったが、そこへレインバードが進み出て、近づきになるべき適切な人々のリストを手渡した。ジョゼフは上位の使用人たちがひいきにしているパブ〈走る従僕〉へ送りこまれ、ヘイナーの双子がどれほど金持ちかといううわさを広めた。ほどなく、ちらほらと招待状が届き始めた。

ロンドンにはまだあまり人が集まっていなかったが、ハリエットはセーラとアナベルに、今シーズンデビューするほかの有望な女性たちより一歩先を行かせたいと願っていた。

一日の大半は、仕立屋にピンで留められたり、寸法をとられたりして過ぎていった。セーラとアナベルは、ハリエットも新しい衣装をそろえると聞いて腹を立てたが、怒りを隠してグラッドストーン氏に手紙を書き、後見人にそういうぜいたくはやめさせるべきだと訴えた。グラッドストーン氏は、ハリエットが身分にふさわしい服装で着飾るのはまったく正当であるし、みすぼらしい服装の付添い人とともに社交の場に出れば、あなたがたが恥をかくでしょう、と返事した。

双子に対して公平な見かたをするなら、ふたりはずいぶん前から、ハリエットが父の愛情を奪ったと固く信じこんでしまっていた。しかしじつは悲しいことに、サー・ベンジャミンは、生前の妻が底意地の悪い女であることに気づいて軽蔑し、嫌うようになっていた。その後、自分の娘たちのなかに妻の悪い性質をたくさん見つけ、何人もの優秀な家庭教師の指導でもそれを根絶できそうにないことを知って、娘たちはどちらもずる賢くよこしまなのだという結論に達した。しかし、サー・ベンジャミンはのんきで快活な人物だったので、どんな問題についてもあまり深く考えなかった。ほとんど家にいなかったし、いるときには必ずハリエットをディナーに招いた――娘たちは、ハリエットの両親が亡くなると同時にその習慣もなくなることを期待していたのだが……。その時点まで双子は、単に父がみすぼらしい紳士階級のメトカーフ夫妻の奇妙な物腰をおもしろがっているだけだろうと考えていた。夫妻が亡くなって初めて、ハリエットへの本当の愛情があらわになり始めた。双子は昔から、ハリエットに対する嫉妬と嫌悪をとてもうまく隠してきた。もし娘たちがどれほどの妬みを抱えているかをサー・ベンジャミンが想像できたなら、ハリエット・メトカーフに双子のデビューを任せはしなかっただろう。

けれど、双子がシーズンの準備をしていた最初のころは、日々はそれなりに楽しく過ぎていった。アナベルはきびしい食事制限で数キロ体重を減らしてみせ、セーラは規則的に食事をとることでアナベルが減らしたぶんと同じだけ体重を増やした。ふたりはそっくりになってきたが、セーラはやはり神経質で押しが強く、アナベルは怠惰《たいだ》でのんびりしていた。

ふたりはひそかに示し合わせて、社交界で成功するための地ならしが済むまではハリエットを丁重に扱うことに決めた。ハリエットがその目的を果たすためにどれほど努力していても、双子の反感は和らがなかった。

たぶん、屋敷のなかであまり幸せを感じていない唯一の人物は、スカラリーメイドのリジーだった。どんなにがんばってみても、侍女のエミリーを好きになれなかったからだ。エミリーはミドルトン夫人を居間から追い出しはせず、ジェニーとアリスといっしょに屋根裏の部屋を使うことに満足しているらしかった。ジョゼフの目を引いたわけでもない。リジーはあの見栄っぱりな従僕にかなわぬ恋をしていたから、そうなればひどく悲しかったはずだ。しかしそれより、リジーはエミリーのなかに、ほかの人が気づいていないらしい残酷さを感じ取っていた。エミリーはあの不思議な黄色の目の端で、人をこっそり観察する癖があった。まるで何かひどく意地悪な冗談にひとりで笑っているかのように。

それに、リジーはあまり体調がよくなかった。いまだに来る日も来る日も雨が降り続くせいで、泥だらけの床や厨房にあふれる水を掃除しなければならない。あらゆる部屋の火をおこし、炉格子を磨く仕事もあった。

使用人たちはみんな、ビューティーを冷たい目で見ていた。特にジョゼフは、犬が自分のペット——黄褐色の薄よごれた小型ライオンのような厨房の猫、風来坊《ムーチャー》——を襲うのではないかとおびえただけでなく、そのけだものを散歩に連れていく役を任されて愕然《がくぜん》とした。

しかし、ビューティーはなんの問題も起こさなかった。屋外ではジョゼフの後についてよろよろ歩き、屋内では暖炉の前で眠った。ハリエットは、愛犬がうまく街になじんできていると考えていた。それはおもに、ビューティーの奇妙なおとなしさを心配する時間があまりなかったからだった。しかしじつのところ、ビューティーは耳に炎症を起こし、昼も夜も痛みでぐったりしていた。毛皮は乱れてつやがなくなり、ほとんど餌《えさ》を食べなくなった。

ビューティーの苦難が終わったのは、ある日ジョゼフに連れられてカーゾン通りを散歩しているときだった。軽装馬車がひっくり返って、放り出された乗客たちが下水溝にはまっていた。ジョゼフは立ち止まって、その騒ぎを見ていた。そのとき、背の高い上品な紳士に話しかけられた。

「それはきみの犬か?」紳士がきいた。ジョゼフは目を上げ――背の高いジョゼフが誰かを見上げることはあまりない――ビーヴァー帽のつばの影に覆われた力強く端整な顔を見た。

「いいえ」ジョゼフは答え、ビューティーのみすぼらしい姿を恥ずかしく思った。「ご主人さまのです」

「その犬は病気のようだ」背の高い紳士が言った。歩道のわきで、雨のなか震えて座っているビューティーのそばにしゃがむ。そして犬の歯を見てから、だらりと垂れた耳を片方ずつ裏返した。

紳士が立ち上がった。「両耳が炎症を起こしている。住所を教えてくれ。数日で犬の具合がよくなる水薬を、ご主人のもとに届けよう」

ジョゼフは紳士の服装の上等さを見て取っていたので、すぐさま応じた。「クラージズ通り六七番地。メトカーフ嬢です」

「これがぼくの名刺だ」紳士が言った。

ジョゼフは名刺を手にして名前を読んだ。〝ハンティンドン侯爵〟従僕は目を丸くした。身分の高い人々について知っておくべきうわさ話なら、なんでも知っている。確か、侯爵はアメリカのヴァージニア州に煙草《たばこ》農園を所有していて、長いあいだその地にいたはずだ。

イギリスでも指折りの大金持ちで、すばらしく見目麗しいという評判だった。

「はい、侯爵さま」ジョゼフは言って、深々とお辞儀したので、ビューティーの鼻と自分の鼻がぶつかりそうになった。侯爵はうなずいて、友人のヴィア卿とともにカーゾン通りをぶらぶらと歩いていった。

「あんな犬のために、いったいどうして時間をむだにしたんだい?」ヴィア卿がきいた。「眉間《みけん》に弾を撃ちこめば、治せないものなんてないさ」

「病気らしいってことに気づいたんだ」侯爵はやんわりと答えた。「でも、きみの言うとおりだな。慈善的な衝動は抑えるべきだろう。クラージズ通り六七番地に住むメトカーフという老嬢に、犬のための薬を届けるはめになった。でも、いい薬なんだ。自分の猟犬にも使ったし、別の犬まで楽にしてやれるのなら、それに越したことはないさ」

「いっしょに行くよ」ヴィア卿が熱をこめて言った。「いつ行くんだ?」

「たぶんあしただ。なぜ、そんなに熱心に同行したがる?」

「下品な好奇心からだよ。有名なクラージズ通りの街屋敷のなかをのぞいて、そこを借りることにした勇気ある貴婦人に会ってみたい」

「その屋敷のどこがそんなに特別なんだ? 幽霊でも出るのか?」

「まあな。呪いがかかってるのさ。そこに住む人たちの身には、ありとあらゆる奇妙なことが起こるんだ。先代のペラム公爵は、屋敷で首つり自殺した。今は新しい公爵が所有してるが、屋敷には近づこうとしない。以前あそこでクララ・ヴィアー－バクストンが死んだんだが、昨シーズンには新婚のレディ・トレガーサンが、ギレスピー医師による殺人だったことを暴いたんだ」

「ああ、その事件なら憶《おぼ》えている」侯爵が言った。「でもまさか、呪いだとかいうたわごとを信じてはいないだろうな。あしたいっしょに来てくれれば、きっと感じのいい老婦人に会うことになるよ。犬が病気だと気づかないくらいだから、間違いなく近視だろうね」

ジョゼフは屋敷に戻ると、ハリエットに侯爵の名刺を渡した。双子は侍女のエミリーとともに買い物に出かけていた。ハリエットは愛犬が病気だと知ってひどくうろたえていたので、薬を届けてくれるのが侯爵だという事実にあまり注意を払っていなかった。ジョゼフに、消毒剤と湯を入れたボウルと脱脂綿を取ってくるように頼んだ。

それからビューティーの横にひざまずいて優しく耳を持ち上げ、なかが真っ赤に腫《は》れているのを見て顔をしかめた。ハリエットは優しく耳を洗ってやり、あれこれ世話を焼いた。ビューティーは悲しげに目をぐるりと回し、力なく女主人の手を舐《な》めた。

ハリエットは愛犬の病気に気づかなかったことをとても恥ずかしく思っていたので、ハンティンドン侯爵のことを双子に伝えそびれてしまった。それに、セーラとアナベルがビューティーを好いていないことはわかっていた。もしジョゼフが、侯爵は適齢期のハンサムな男性だと話していたら、間違いなく双子を早起きさせて、訪問に備えさせていただろう。けれどもハリエットは、まだロンドンの若い男性にほとんど会ったことがなく、四十歳以下で雑種犬のことを心配してくれる人などいないだろうと考えていた。それで、侯爵はかなり年配の田舎風の人だろうと、のんきに想像を巡らせていた。

セーラとアナベルは、恐ろしくたくさんの包みや箱とともに帰宅した。ハリエットは、双子がつまらないものにお金を浪費しすぎていると思ったが、使っているのは自分たちのお金なのだから本人たちの分別に任せ、結婚相手を見つけるのに次のシーズンまでかかるとわかったら、控えさせることにしようと決めた。

翌朝ハリエットは目を覚まし、外から聞こえてくる音が変わったことに気づいた。人々がざわめき動き回っているらしく、何よりも屋根の上で鳥がさえずっていた。

ハリエットはベッドから飛び起きて、カーテンをあけた。金色の陽光が部屋を満たした。通りの丸石がきらきらと輝いている。木材が雨をたっぷり吸って膨らみ、窓枠が貼《は》りついていたので、少し苦労しながら窓を押しあけた。温かく心地よい空気が部屋に流れこんだ。

ハリエットは両腕を上げて伸びをした。すばらしい日になりそうだ。いろいろな計画が頭を駆けめぐった。今夜は初めての社交行事、ブルック通りのフィリップス卿夫妻宅の舞踏会に出席する予定だ。レディ・フィリップスは丸々とした気さくな貴婦人で、ハリエットをとても気に入ってくれた。

ハリエットはレインバードに教えられて、ロンドンに到着してすぐに夫人をお茶に招待していた。レインバードによると、レディ・フィリップスは社交界のなかでもとりわけ親しみやすく、感じのよい人とのことだった。

ベッドの足もとに置かれたかごのなかでビューティーが身動きし、ハンティンドン侯爵が訪ねてくることを思い出した。

ハリエットは、他人の飼い犬を心配してくれるような親切な年配の紳士を迎えるため、礼儀としてたいへんな手間をかけて身なりを整えた。双子は午後二時前には起きてこなかった。初めての社交行事に出席する前から、ロンドンの上流社会の生活時間になじんだようだ。

ハリエットは新しいドレスのなかの一着を身に着けた。空色のインドモスリン製で、二本の青い絹のリボンを胸の下で結ぶスタイルだった。ふわふわした豊かな髪は、ねじって頭のてっぺんでまとめてあったが、言うことを聞かない短い巻き毛がほつれて、太陽の光輪のように顔のまわりを縁取っていた。

午前十一時、表の居間で、足もとにビューティーを寝そべらせて座っていると、レインバードが、ハンティンドン侯爵だけでなくヴィア卿も訪ねてきたことを告げた。

ふたりの紳士が居間に現れ、戸口で立ち止まった。ハリエットの青い目が、子どものように無邪気な率直さをこめてふたりに注がれた。まず頭に浮かんだのは、どちらの男性もとても立派な身なりをしているということだった。双子を起こしていれば紹介できたのに、と後悔した。

一方、侯爵とヴィア卿も、ハリエット・メトカーフをまじまじと見つめた。その第一印象は、ふたりにとっていつまでも忘れられないものになった。足もとに犬を寝そべらせ、チンツ張りの肘掛け椅子に座っている。背後のあいた窓から射しこむ陽光が、後光のような金色の髪を輝かせていた。優美でみずみずしく、とてもたおやかに見えた。

侯爵は三十代だろう、とハリエットは判断した。豊かな栗色の巻き毛とはしばみ色の目、高い鼻、ユーモアを湛《たた》えた口もと。腰は細く、脚は〝イギリスの極上品〟と呼ばれるものだった——礼儀上、女性にそんな付属品があるとは認められなかった時代、貴婦人の脚について何かを言う人はいなかったのだ。侯爵は、金めっきのボタンがついた青いモーニングコートと、淡黄褐色の膝丈ズボンと、ヘシアンブーツという服装だった。ビスケット色のベストのボタンは、複雑な形に結ばれた雪のように白いクラヴァットの下まできちんと留められていた。

すばらしい脚をした侯爵が言った。「メトカーフさんにお目にかかりたい」

「わたしがメトカーフです」

ヴィア卿が、付添い人を探すかのように部屋を見回した。侯爵より少しだけ背が低く、黒い髪と黒い目をしている。バイロン風の服装、ひどく高価なうえにだらしないと酷評されることもある服を好んで着ていた。

「ご両親はご在宅ですか、メトカーフ嬢？」ヴィア卿が尋ねた。

ハリエットの青い目に影が差した。「ふたりとも亡くなりました」答えてから、ぱっと表情を明るくする。「あら、もちろん、わたしがロンドンに越してきた理由など、ご存じありませんものね。わたしは、とても美しいふたりの淑女、ヘイナー嬢たちの後見人なんです。ふたりは今シーズン、デビューしますの」

「あなたは、デビューする歳の女性たちの後見人になるには若すぎるようにお見受けしますが」侯爵が言った。

「亡くなったサー・ベンジャミン・ヘイナーが、わたしを娘さんたちの後見人に指名しました」ハリエットは答えた。「わたしはふたりよりいくつか年上ですから、縁なし帽をかぶらなくてはいけないんです」

ビューティーが身動きして、充血した目をぐるりと回して侯爵のほうに向けた。

「では、そこにいるのがぼくの患者か」侯爵が言った。上着のポケットを探って、小さなガラス瓶と脱脂綿を取り出してから、ビューティーのそばにしゃがむ。

「気をつけてください」ハリエットは言った。「その子、知らないかたの前ではちょっと不機嫌になることがあって」

しかし、侯爵が優しく片方ずつ耳に薬を塗るあいだ、ビューティーはほとんど身動きしなかった。

「さて、メトカーフ嬢」侯爵がよごれた脱脂綿を火に投げこみ、ハリエットに小瓶を渡しながら言った。「一日二回、一週間、耳に塗ってやりなさい。すぐによくなるだろう」

「おふたりとも、ご親切にありがとうございます」ハリエットが言った。侯爵はその青く美しい目をのぞきこみ、メトカーフ嬢のお礼の言葉にヴィア卿が含まれていたことに、ほんの少し苛立った。

「どうぞ、お座りください」ハリエットが続けて、呼び鈴を鳴らした。玄関広間で待機していたレインバードが、呼び出しに応じた。ハリエットはワインとケーキを運ぶように命じた。

侯爵はハリエットの向かいに座ったが、驚いたことにヴィア卿は絨毯《じゅうたん》に座って優雅に背を反らし、片方の肘で体を支えて、片方の白い手をさりげなく膝に乗せた。ハリエットはまだ、ロンドンで〝のんびりくつろぐ〟のが大流行しているところを見たことがなかった。

「今月ぼくたちが出席したオペラやそのほかの行事では、あなたをお見かけしませんでしたね、メトカーフ嬢」ヴィアア卿が言った。

「今夜、ヘイナー嬢たちとわたしで、フィリップス卿のお宅の舞踏会に出席しますの」ハリエットは誇らしげに言った。努力が実って、自分と双子がこんなにすてきな招待を受けたことがうれしかったからだ。

紳士たちはどちらも、舞踏会への招待を断って、クラブ〈ホワイツ〉で賭けごとを楽しむつもりだったことを思い出した。

「そちらでお会いできるかしら？」ハリエットは尋ね、レインバードに向かってうなずき、紳士たちのためにワインを注ぐよう促した。

「ええ、もちろん」侯爵はさりげなく答え、ヴィアア卿の驚いた表情から目を背けた。

「セーラとアナベルは、どちらも若くて魅力的な淑女ですわ」ハリエットは言った。「双子なんです」

「なるほど」ヴィアア卿はあからさまに興味のない様子で応じた。

「きちんと座ったほうがいいぞ、ギルバート」侯爵はおもしろがるような口調で言った。

「片方の手にワインを持ち、もう片方の手にケーキを持ってのんびりくつろごうとし続ければ、絨毯にワインをこぼすだろう」

ギルバート・ヴィア卿は起き上がって椅子に座ってから、またハリエットのほうを向いた。「ここで暮らすのは怖くありませんか、メトカーフ嬢？」熱をこめて尋ねる。

「いいえ」ハリエットはきょとんとして答えた。「怖がる必要がありますの？」

「この屋敷に呪いがかかっていることをご存じないのですか？」

「グラッドストーンさん――ここを見つけてくださった弁護士さんは、呪いのことなんて何もおっしゃっていませんでした」

「おやおや！　恐ろしい災難が降りかかろうとしていますよ、お嬢さん」ヴィア卿がわざとらしい流し目を向けて言った。

ハリエットは侯爵のほうを振り返った。「おふたりとも、からかっていらっしゃるの？」と問いかける。「呪いってなんのことですの？」

しかし、クラージズ通り六七番地で起こった邪悪なできごとの数々を楽しそうに物語ったのはヴィア卿だった。

ハリエットは目を丸くして聞いていた。ヴィア卿が話し終えると、ハリエットは言った。

「でも、ここより古いたくさんの屋敷でも、むごくて邪悪なできごとは起こってきたでしょう。あとから住む人にまで屋敷が害を与えるなんて、信じませんわ。その人たち自身がむごくて邪悪だったり、ひどく不運だったら別でしょうけど」

「ほらどうだい、ギルバート」侯爵がにっこり笑って言った。「ぼくとまったく同じ意見だ」

「あなただって、そんなことは信じていらっしゃらないでしょう、ヴィア卿」ハリエットが笑いながら言った。

「いや、信じていますよ」侯爵が意地悪く言った。「この男は筋金入りの賭博好きなんです。賭博好きはみんな、しるしや前兆を探しますからね」

ヴィア卿が侯爵に腹立たしげな視線を投げた。「あした、ぼくと馬車で出かけませんか、メトカーフ嬢？」ハリエットに尋ねる。

「ありがとうございます」ハリエットはにこやかに微笑んで答えた。「わたしたち、喜んでごいっしょしますわ」

ヴィア卿がそわそわとビューティーに目をやった。「失礼ですが、あの犬はよく馬車で出かけるのですか？」

「もちろん、ビューティーのことじゃありません」ハリエットは笑った。「令嬢たちもご招待くださったことはわかっています」

「いや、じつのところ、そうじゃないんです」ヴィア卿は言って、クラヴァットをぎこちなく引っぱり、友人があざけるようなまなざしを自分に据えていることに気づいた。

「ぼくが持ってるのは二頭立て四輪馬車で、ゆったり座れるのはふたりだけなので――」

「それじゃ、メトカーフ嬢はぼくとごいっしょしてもらう必要があるな」侯爵が言った。

「ぼくはバルーシュ型馬車を持っているから、全員でとてもゆったり乗れますよ」

「バルーシュ型馬車を借りることもできます」ヴィア卿が不機嫌に言った。

「そんな出費をなさる必要はありませんわ」ハリエットは言った。「今回は、ハンティンドン卿のご招待をお受けすることにします。たぶん次回は、どちらかのヘイナー嬢があなたとお出かけするでしょう」

「ぼくはまだ、ヘイナー嬢たちに会ってもいないんですよ」ヴィア卿がややとげのある口調で言った。

ハリエットがけげんな顔をした。ハンティンドンは少しおもしろがりながら、メトカーフ嬢が自分の美貌にはまったく無頓着で、魅力があるのはふたりの被後見人のほうだと考えていることに気づいた。それから、なよやかな見た目と同じくらい頭のなかもぼんやりしているに違いないと、少し残念な気持ちで考えた。そうでなければどうして、ふたりの紳士が競い合って会ったこともない女性たちを誘いたがるなどと想像できるだろう？ これについては、侯爵は誤解していた。ハリエットは幼いころから、人の魅力はもっぱら所有している結婚持参金の額だけで決まると教えこまれてきた。だから、侯爵とヴィア卿がヘイナー家の豊かな財産のことを知って、上流階級の紳士のふるまいとして当然の行動を取ったと考えたのだ。

「気にしないでください」ハンティンドンは優しく言った。「天気が持ってくれれば、悪くない外出になるでしょう」立ち上がって挨拶する。「ご機嫌よう、メトカーフ嬢。今夜、舞踏会でお会いできるのを楽しみにしています」

ハリエットは立ち上がってお辞儀をした。

「よろしければ、ぼくと踊っていただけませんか？」ヴィア卿は友人に怒りのまなざしをちらりと投げてから尋ねた。

ハリエットは顔を赤らめた。「自分が踊ることは考えていませんでした」と言う。「付添い人たちと座っていようと思います」

ヴィア卿は、こんなに美しい人が見えない場所にいるべきではないと激しく主張し始めたが、侯爵はよどみなく言った。「メトカーフ嬢は、ほったらかしになどされないさ、ギルバート。ぼくが喜んでとなりに座るよ」

ハリエットは深くお辞儀をした。玄関広間のあいた扉の外に立っていたレインバードが、すばやく紳士たちのために玄関扉を開いた。

ふたりの男は石段の上に立ち、手袋をはめた。

「あんなに容赦なくぼくをたたきのめす必要があったのか?」ヴィア卿が憤然として言った。「きみは女たらしで遊び人なんだから、あの女性には手を出さないでもらいたい」

「ああ、確かに見苦しいふるまいをしたな」ハンティンドンは穏やかに認めた。「どうか許してくれ。一瞬、あの女性に一目惚《ひとめぼ》れしてしまったのかと思ったんだ。なんというたおやかさ、なんという清純な美しさ。しかし、ぼくの勝手な好みからすると、あまりにも頭が弱すぎる。あしたは約束どおり、メトカーフ嬢と被後見人たちを馬車で連れ出すつもりだが、そのあとはきみに任せるよ」

ハリエットは窓のところまで行って、ふたりが歩み去るのを眺めた。ほっと小さくため息をつく。侯爵はとても見目麗しかった。けれど、とても経験豊かでもある。友人を笑いものにしたことは、あまり評価できなかった。それでも、侯爵は伝奇小説に登場する英雄そのままのように見えた。自分のことは考えず、双子にふさわしい男性のことだけに集中しなければならないと思い直すと、ひどく心が沈んだ。

侯爵が振り返って微笑み、まっすぐハリエットに視線を注いだ。まるでわたしが……わたしが夢心地の愚かな娘みたいに窓から見つめていたのはお見通しだと言わんばかりだわ、とハリエットは考え、くるりと背を向けた。舞踏会で早くほかの付添い人たちの誰かと親しくなることが大切だ。ハンサムな侯爵は、どうやら放蕩者《ほうとうもの》らしい。〝ふさわしくありません〟母の声が耳もとで言った。〝まったくふさわしくありません！〟

4

ああいう田舎者たちは、舞踏会に出席する人々が、ただダンスをするだけだと考えている。ところが人々はみんな、舞踏会の本当の目的が、妻を選ぶか、妻の面倒を見るか、あるいは他人の妻の面倒を見るかであることを知っている。

――サーティーズ

春の到来はロンドンのウェストエンドに、少し早い興奮と熱狂をもたらした。まだ準備が始まったばかりだというのに、シーズン最初の晩のようだった。

ガス灯の点灯夫が持ち場を回り始める前には、令嬢と侍女たちが大切なリボンや羽根飾りや扇子を探すあいだ、ろうそくの明かりが蛍《ほたる》のように街屋敷の部屋から部屋へ移動するのが見えた。何百個ものカール用のこてに巻かれた熱い髪のにおいが、空気中に漂った。仕着せを着た従僕たちが、ナントカ卿からナントカ嬢への伝言を手に通りを駆け回った。

クラージズ通りの突き当たりにある〈ランベス厩〉では、馬丁が馬車を掃除したり磨いたりで大忙しだった。

ハリエットはシーズンのために馬車を借りることにして、用心深く屋根付を選んだ。双子は、無蓋馬車《むがいばしゃ》で自分たちの魅力を見せびらかしたかったので口をとがらせたが、ハリエットは思いのほか頑固だった。イギリスの天気は当てにならない。馬車を二台借りるぜいたくでヘイナー家の財産を浪費したくなかったし、被後見人たちをびしょ濡れの状態で目的地に着かせたくもなかった。

双子は少しだけ不平を言ったあと、ほかの数少ないハリエットからの禁止事項に対するのと同じように、しとやかに従った。けれどハリエットは、舞踏会のために自分のドレスを用意しながら、どうしても消えない不安に悩まされていた。セーラとアナベルとは、なかなか親しくなれなかった。ふたりは魅力的でいつも礼儀正しかったが、ときどき横目で視線を交わしていることがあり、実際にはふたりが自分をどう思っているのかわかりはしないという気がした。ハリエットは心のなかで身震いした。双子は本来なら喪中なのよ。お父さまが亡くなったばかりなのだから……。力を合わせて世間に立ち向かおうとするのは自然なことに違いない。ハリエットが少し驚いたことに、サー・ベンジャミンは娘たちが喪に服することを望まず、灰色や薄紫色の半喪服さえ着ないようにというきびしい指示を残していた。

初めて人前に出る今夜、ハリエットは付添い人という役割にふさわしい控えめな服装をしようと決めた。銀白色のタビネット――波形模様をつけたポプリンに似た、絹と羊毛の交ぜ織り――のドレスを仕立てさせてあった。田舎で育ったハリエットの目には、流行の仕立屋の服はとにかく洗練されすぎているように見えた。襟ぐりは深く、ウエストは高く、裾には三重のたっぷりしたひだ飾りがついている。

ドレスのひもを結ぶ手伝いをしてもらうため、呼び鈴で侍女のエミリーを呼ぼうかと考えたが、ひとりで着ることにした。エミリーには、どこか好きになれないところがあった――人を嫌うのがあまり得意ではないハリエットにとっては、居心地の悪い感覚だった。

カール用のこてを小さなアルコールストーブの上に置いて温めながら、六七番地のかつての住人たちに思いを巡らせた。これまでにどんなうら若き貴婦人たちがこの部屋を使い、備え付けの家具に囲まれながら舞踏会に向かう準備をしたのだろう？　ハリエットは、二階の食堂の奥にある寝室を使っていた。セーラとアナベルは、上階の表と奥の寝室を選んだ。ハリエットの部屋には、豪華なダブルベッドと大きなウィリアム＆メアリー様式の衣《い》装箪笥《しょうだんす》が備わっていた。窓のカーテンとベッドカーテンは赤い絹製で、家具はぴかぴかに磨かれていたが、そこには貸部屋の雰囲気があった。誰かの自宅にあるような、絵画や装飾品や、ほっとする乱雑さがまったくなかったからだ。

　薄いシュミーズ姿になったハリエットは小さく身震いしてから、かがんで暖炉に石炭を足した。アッパーマーチャムの静かな村には流行のスタイルは広まっていなかったので、ロンドンで着るべきとされる服の露出の多さには驚かされた。《タイムズ》は最近になってやっと、辛辣にこう評した。〝偽物の胸の流行は、少なくとも、上流社会の女性に何かを身に着けるよう強いる点で、役には立っている〟ハリエットは、絶対に下履き《ドローズ》ははかないことにしていた。ひどく下品に思える最近の発明品だ。下履きは昔から、男性だけのための衣類だった。ハリエットはシュミーズか薄いペティコート――昔風のシフトドレスという名称は今では下品とされていた――で満足していた。たいていの若い女性が身に着けている下着はそれだけだった。シュミーズは膝丈だ。襟ぐり――最近の流行に合わせてとても深い――は四角く、ひだを寄せたモスリンのフリルで縁取られていた。

　ピンク色の絹のストッキングをはき、靴下留めを着けてから、ため息とともに振り向き、夜会用のドレスを着る前にふわふわした髪をどうにかしようとする。

　ハリエットは最初のひと房を手に取って、カール用のこてに巻きつけた。ふと、ハンティンドン侯爵の顔がありありと浮かんだ。からかうようなはしばみ色の目と、ユーモアを湛えた口もとが見え、撫《な》でつけるような少しかすれた声が聞こえた。はっとわれに返る。

こてに長く当てすぎて、髪がぱちぱち音を立て始めていた。ハリエットは、心を揺さぶられ、取りつかれたような気分で、化粧台の前に置かれた小さな刺繡《ししゅう》入りスツールに座った。少しのあいだ、まるで侯爵が部屋に入ってきて目の前に立ちはだかったかのように、その存在を強烈に感じていた。

ハリエットは決然として、柔らかい唇をぎゅっと結んだ。セーラとアナベルをデビューさせるための準備を、ここまでとてもうまくやってきた。きっとスペンサー嬢も、ハリエットのみごとな手腕に驚くだろう。人を惑わす放蕩者の手管に、調子を乱されてはいけない。あの男が放蕩者だということはわかっていた。昔は広い世界のありとあらゆる人を信用していたが、まるで過酷なジャングルで迷子になった年若い動物のように、ハリエットは徐々に用心深くなった。あの侯爵には、不適切な何かがある。わたしの静かな生活と安全を脅《おびや》かす何かが。

ハリエットはこてを握り、最終的にこれまででいちばん美しい髪型に仕上がったことに自分でも驚いた。柔らかい巻き毛に長い銀白色のリボンを編みこんであり、社交界の貴婦人のあいだでとても流行しているギリシャ風の雰囲気がよく出ていた。舞踏会に向けた準備にしっかり意識を集中すると、ほどなくハンティンドン侯爵についての考えはすべて頭から消えていった。

イギリスは、一時的に疑似民主主義に夢中になっていた。ハンティンドン侯爵の夜会服からシャツの袖口がちらりとも見えないのはそのせいだった。高等遊民と肉体労働者を分け、共同体をまっぷたつにする細く白い線は、非民主的と考えられた。それは十七年前から流行に取り入れられていたので、侯爵のような紳士たちはもちろん理由など忘れていた――なにしろ今も鏡台の上には、糊付けされた雪のように白いクラヴァットのひだを留めるための、豪華なサファイアのピンが置かれているのだ。糊付けを流行にしたのは、有名なしゃれ者のブランメルだった。この発明は、新聞でも報道された。〝彼がその固めたクラヴァットを着けて初めて姿を現したとき、巻き起こった騒ぎはとてつもなかった。しゃれ者たちは羨望《せんぼう》のあまり押し黙り、洗濯婦たちは流産するほどだった〟

侯爵のクラヴァットはブランメルのものに次いで社交界の羨望を集めただけでなく、しゃれ者ブランメルと違って、侯爵はたいてい楽々と、糊付けした生地に立体的なひだをつけることができた。しかしどういうわけか、指がその魔法を失ってしまった。ハリエット・メトカーフのせいだ。彼女の姿が頭から離れなかった。歳を取ってきた証拠に違いない、と苦々しい気持ちで考え、だめになった二枚めのクラヴァットを床に放り投げた。自分には、賢く機知に富む有能な愛人がいる。財産のおかげで旅行ができる。アメリカで懸命に働き、ロンドンの社交シーズンの気楽さをずっと夢見ていた。金色の髪と大きな青い目をした無邪気な田舎娘に引っかからないだけの経験は積んでいるはずだった。確かに、ハリエット・メトカーフはたぐいまれな女性——まったく善良な女性——だが、そういう女ほど退屈なものはない。しかし侯爵は、ハリエットのたおやかさとしとやかさ、その胸の膨らみを何度も思い出した。優しい声までが耳に響いた。

舞踏会ではメトカーフ嬢を無視しようと決めた。いまいましい舞踏会には出席したくなかったのだが、先ほどレディ・フィリップスを訪問してやはり出席すると伝えると、夫人はとても喜んでいた。ヴィア卿とも約束している。そこで、いちばんいいのは、メトカーフ嬢を見つけて話しかけ、近づきになればわかると予想していたとおり、頭が空っぽで退屈だと確かめることかもしれないと思い直した。それからあしたは馬車で出かけ、この春めいた奇妙な切望を終わりにできるだろう。

夜十時には、ハリエットはほかの付添い人たちとともに壁を背にして慎ましく座っていた。じゅうぶんに満足だった。莫大な持参金に恵まれたふたりの淑女の付添い人として上流階級に迎え入れられ、最新のあらゆる世間話でもてなされた。うわさによると、国王はふたたび正気をなくされ、おかわいそうな皇太子が摂政を務めることになるらしかった。

なにしろジョージ王は、この時代にクエーカー教徒を自称なさって、クエーカーの服装であちこち出歩かれたのでしょう？　それに長いあいだおひげを剃《そ》らず、まるで『リア王』を演じるケンブル氏のように見えるそうよ。メトカーフ嬢は、普段着としてペティコートの上にエプロンを着ける流行をどう思われる？

ハリエットはおしゃべりを続け、まばゆいほど美しい自分の姿が注目を集めていることには気づかなかった。紳士たちの多くが近づきたがっていたが、ずらりと並んだ手強《てごわ》い老女たちとの会話にあまりにも熱中しているようなので、みんな勇気を出せなかった。ハリエットのとなりには、気むずかしく短気な老婦人、ヴィリアーズ男爵夫人が座っていた。ちょうどそのとき夫人の軽薄な孫娘は、フロアにいる衛兵の足につまずいて、慎みなく大笑いしていた。

「ずっとあんな調子でいるつもりじゃないでしょうね」男爵夫人が不機嫌に言った。「あなたのところのお嬢さんたちは、天使のようにお行儀がいいわ。うちのアメリアも見習ってくれないかしら」

「アメリアは紳士たちを楽しませているようですわ」ハリエットは言った。「とっても陽気で気取らない人柄ですもの」黙りこんで、セーラとアナベルを見つめる。ふたりともきれいなのは確かだが、パステルカラーはどちらにもあまり似合わないので、こんなに流行していなければよかったのに、とも考えた。セーラは青、アナベルはピンク色のドレスを着ていた。セーラはみごとなサファイアのネックレス、アナベルはダイヤモンドの短めのネックレスを着けている。ふたりはまつげをぱちぱちさせたり、扇子をはためかせたりして、それぞれのパートナーをじょうずにもてあそんでいた。

〝たいしたふたり組の女優ね〟ハリエットは胸につぶやいてから、自分の考えに愕然とした。〝ロンドンはわたしを不親切にしているんだわ〟自分をたしなめる。男爵夫人を振り返り、恐ろしいことにいつの間にか、この老婦人がひげを剃ってくれたら、と考えていた。男爵夫人の白い口ひげと生えかけのあごひげには、困惑させられるからだ。

「きょう、ハンティンドン侯爵が訪ねていらっしゃいました」ハリエットは言った。「わたしの犬を散歩させていたうちの従僕と行き合って、すぐに犬が病気だと気づいてくださったんです。水薬をくださいました。ヴィア卿とごいっしょでしたわ」

「ふむ」男爵夫人が言った。「ヴィア卿はとてもご立派よ。家柄はいいし、財産もあるわ」

「ハンティンドン侯爵は？」

「放蕩者よ。あの男には近寄らないようになさい。あそこにいるベリンダ・ロムニーが見える？　いえ、いえ、背の高いひょろひょろした男性と踊っている人。そう、ロムニー夫人は侯爵の愛人なの。最近そう取り決めたのですって。目の色に合わせて、あのエメラルドを贈ったそうよ」

　ハリエットはロムニー夫人を見た。クリーム色の肌といたずらっぽい目をした豊満なブルネットの女性だった。ピンク色のストッキングを見せびらかすために、ドレスの両側を引き上げている。ドレスの生地があまりにも薄手なので、ストッキングのほかは下に何も着けていないことが簡単に見て取れた。

「その関係を、ロムニー氏はどう思っていらっしゃるの?」ハリエットはきいた。

「ご主人は、借金以外は妻に何も残さず二年前に亡くなったの。だから夫人は、ハンティンドンをつかまえるためにうまく立ち回ったのよ。侯爵は最近ロンドンに来たばかりですしね。彼は以前から、愛人には気前がよかったわ。それだけは確かよ」

　ハリエットはひどくがっかりした。ハンティンドン侯爵が放蕩者であることは予想していたが、間違いだったらいいのにと願っていた。なにしろ侯爵はビューティーを助けてくれたのだし、それは優しい心を持っている証拠かもしれない。しかしハリエットはもう、侯爵を優しいとは思えなくなった。ロムニー夫人は無一文で取り残され、明らかにお金を必要としていた。侯爵は夫人のそういう状況につけこんだのだ。

　ハリエットのもう一方のとなりには、舞踏会にふたりの有望な娘を連れてきたクランプ夫人が座っていた。ふたりはしょっちゅう弾むような足取りで母親と話しにやってきて、気分はどうかと尋ねたり、パートナーについて何か言ったりした。男爵夫人の孫娘アメリアでさえ、ダンスの合間に祖母とおしゃべりしにきた。けれど、セーラもアナベルも、ハリエットに近づこうとはしなかった。それどころか、一度も目を向けさえしなかった。

「ハンティンドンとヴィアが来ましたよ」突然クランプ夫人が言った。「ハンティンドンを見れば、どんな女性でもうっとりしてしまうんじゃないかしら？　放蕩者だなんて、残念ですこと」

「ええ」ハリエットは少し悲しい気持ちで応じた。舞踏室にゆっくり入ってきた侯爵は、端整な顔から細い腰、すばらしい脚まで、あらゆる女性の夢に出てくる英雄のように見えたからだ。みごとな仕立ての夜会服を堂々と着こなしている。胡桃油《くるみゆ》にはまったく頼らずにうっすら日焼けして、手には何も塗っていなかった。紳士たちのなかには、手の甲を鉛《えん》白《ぱく》で白くし、手のひらをコチニールで繊細なピンク色に塗っている人もいた。

ヴィア卿はすぐにハリエットのほうへ行こうとしたが、運悪くある紳士に引き留められ、ブランメルがアルヴァンリー卿に言ったことについての長く退屈な話を聞かされるはめになった。ヴィア卿は暗い気分でぼんやり耳を傾けながら、侯爵が舞踏室の端を巧みに回ってハリエットが座っている場所に向かうのを見ていた。「彼女には関わりたくないと言ってたくせに」ヴィア卿はぶつぶつと言った。

「誰が？　何だって？」退屈な紳士が、話を中断して尋ねた。

「ハンティンドンはどういうつもりかしら？」クランプ夫人が言った。ハリエットは目を上げ、こちらにぐんぐん迫ってくる侯爵を見た。

ハリエットはすばやく目を伏せて、扇子に描かれた絵をじっと眺めた。それから、目の前に立った侯爵の靴のつま先を興味ありげにじっと眺めた。

「きみはダンスをしないのかい、メトカーフ嬢？」侯爵が尋ねた。

ハリエットは青い目を上げた。「ええ、侯爵。わたしのここでの役割は付添い人ですから」

ヴィリアーズ男爵夫人とクランプ夫人は、ハリエットの頭上で目配せをした。ふたりとも、この新入りの付添い人仲間をとても魅力的なかわいらしい女性だと考えていた。ハンティンドンはどうしようもない放蕩者だが、かわいらしいメトカーフ嬢がなんの楽しみも味わえないのは不公平に思えた。間違いなく、デビューしたての女性たちと同じくらい若いのだから。

「何をおっしゃるの」男爵夫人が熱をこめて言った。「お宅の双子は申し分なくふるまっていますよ。あなたのようなお若いかたが、わたくしたちと同席しているのはふさわしくないわ」

「ハンティンドン卿の申し出をお受けなさいな」クランプ夫人が促した。先ほど警告はしたものの、放蕩者が心から好きなのだ。「双子には、わたくしが目を光らせておきますから」

「わかりました」ハリエットは小声で応じた。新しくできた友人たちと言い争うより、侯爵につき合うほうが簡単に思えたからだ。

カントリーダンスが始まり三十分ほど続いたので、社交界の人々には、きれいでかわいらしいメトカーフ嬢がとてもじょうずに踊り、ハンティンドン侯爵がとても楽しそうに相手をするのをたっぷり眺める時間があった。

偶然、セーラとアナベルのどちらも、このダンスではパートナーが見つからなかった。ふたりは隅に退き、扇子を広げてその後ろでひそひそ話ができるようにした。

「ちょっと！」セーラが憤然と叫んだ。「みすぼらしいハリエットと踊ってるあのすてきな人は誰なの？」

「あの人が舞踏室に入ってきてすぐ、さっきのパートナーにきいたの」アナベルが答えた。「ねえ、セーラ、あの人はね、ハンティンドン侯爵よ。ものすごい金持ちで、放蕩者」

「わたしたちの親愛なる後見人に、踊り回る権利はないはずよ」セーラは言った。「これはわたしたちのデビューで、彼女のじゃないんだから。あのドレスはひどく不相応だわ」

ふたりは扇子を下げて、銀白色のタビネットのドレスをにらんだ。正直に言えば、三重のたっぷりしたひだ飾りと、首に着けている小さな珊瑚《さんご》のビーズネックレスを除けば、ほとんど飾りもなくとても地味だった。襟ぐりは深かったが、ほかの何人かの女性たちがこれ見よがしに着ているドレスに比べればそうでもない。しかし、ラインの優雅さがハリエットの容姿を引き立てていた。動きの上品さもさらに魅力を高めていたが、双子はどちらもその長所を認めようとはしなかった。

アナベルはあくびをした。いつものように、眠くなってきた。「それじゃ、エミリーに動いてもらう時かもしれないわね」物憂げに言う。「エミリーはうわさを流すのがすごくうまいのよ。わたしたちがハリエットについてあれこれ言ったことをぜんぶ、村の人たちに伝えたんだから」

ふたりは思い出に浸った。「憶えてる？」セーラは言った。「小間物屋のジェームズさん、ハリエットを見かけるたびに顔を赤くしてた人。ハリエットの悪口なんて絶対に信じようとしなかったでしょう。でも、ハリエットがどんなふうにずる賢くお父さまの愛情を手に入れたか、エミリーに聞かされて信じたの。エミリーの話にすごく説得力があったんでしょうね」

「信じたってことにびっくりしたわ」アナベルは言った。

「あら、エミリーは直接話したわけじゃないのよ。お店でわっと泣き出して、あの口やかましい大佐の奥方、ウィンター夫人に打ち明け話をしたの。それで、ジェームズさんがどうしたのかと尋ねたのよ。最初は信じなかったけど、その日のうちに別の人から同じ話を聞かされて、次の日にはまた別の人から聞かされたってわけ」

「とにかく、ハリエットが自分の衣装にわたしたちのお金を自由に使ってるのは気に入らないわ」アナベルは不機嫌に言った。「高価なドレスを着て、まるで自分がデビューしてわたしたちに付添いをさせてるみたいに、いちばんのハンサムと踊ってるじゃない。ああ、すごくお腹が空いたわ。このダンスが終わったら、夜食をとりに行きましょう。パートナーがいないなんて、屈辱だわ」

「そうね」セーラはハリエットに視線を注ぎながら、上の空で応じた。「親愛なるハリエットは、ちょっと注目を集めすぎてると思うわ。エミリーはすごくわたしたちに忠実よ。村でやらせたみたいに、そこかしこでうわさを流し始めてもらっても、害にはならないでしょう。使用人部屋から始めさせればいいわ。使用人と言えば、あんなおかしな連中を見たことがあって？　六七番地で殺人や大騒動があったのも不思議じゃないわ！　このあいだ、地下の地獄から出てきた料理人を見たんだけど、まるで誰かの喉をかき切りそうな顔をしてたわ。あのレインバードは執事というより道化師みたいだし、誰もきちんと敬意を持ってわたしたちを扱おうとしない。使用人は、主人たちを畏《おそ》れるべきよ。あら見て、ダンスが終わったわ」

双子は扇子を下げて、目でうまく男性たちの気を惹《ひ》いたので、すぐにふたりの紳士がわきに立ち、双子を夜食室に導いた。

後見人がハンティンドン侯爵と夜食をとることを考えてすっかり憂鬱になっていると知ったら、双子は驚いただろう。ハリエットは、活気あるカントリーダンスのステップのおかげで会話ができないことにほっとしていた。しかしどうやら、先ほどまでダンスのパートナーだったという理由だけで、侯爵と夜食をとることを期待されているようだった。侯爵は、双子のどちらかにとってふさわしい結婚相手というわけではない。セーラかアナベルのどちらかをこんなに冷淡な放蕩者と結婚させることになったらと考えると、落ち着かない気持ちがした。

ハンティンドン侯爵は、ハリエットのうつむけた顔をじっと見つめ、ひどく腹が立ってくるのを感じた。今までどんな女性にも、これほど心を乱されたことはなかった。しかもメトカーフ嬢は喜ぶどころか、華やかなロンドンの舞踏会の夜食室ではなく、絞首台に導かれるかのような様子をしている。愛人はこちらをにらみつけていて、このあとひと悶《もん》着《ちゃく》ありそうなことがわかった。老ブラザーズ卿の保護下から引き抜くのはやめておけばよかったと考える。ベリンダは魅力的だが、しだいに嫉妬深くなってきた。

夜食室はインド風に飾りつけられていて、長い絹の布が垂れ下がり、椰子《やし》の木があちこちに置かれていた。

人々の声が、ときには高くときには低く響いた。ハリエットは皿にのせたいくつかのごちそうを見下ろしたが、どれも食べたいとは思えなかった。侯爵の目が自分の顔に注がれていることには気づいていた。侯爵の個性の強さにも気づいていた。ハリエットを押さえつけようとするかのような個性。これまでずっと、あれこれ命令されることに慣れてきた。両親はあらゆる問題についてきびしく指図し、両親の死後はサー・ベンジャミンが細かく命令し始めた。ジョゼフィン——スペンサー嬢——でさえ、ときどき愛情をこめてハリエットを〝おばかさん〟と呼び、代わりに問題に対処してくれた。しかしロンドンに着いて以来、セーラとアナベルのために最善を尽くしたいという思いから、新たな勇気と独立心がわいてきた。知らず知らずのうちに、自分でものごとを決めるのが好きだということを実感しつつあった。

「ご出身はどちらです、メトカーフ嬢？」侯爵が尋ねていることに気づく。

「アッパーマーチャムという、バーシャーにある小さな村です」

「そこでは賑《にぎ》やかなおつき合いがありましたか？」

「両親が亡くなってからはそうでもありません。七年ほど前になります」ハリエットは答えた。「それまでは、両親がバーミンスターでの集会に連れていってくれました」

「まだ結婚されていないとは驚きだ」

ハリエットが率直な青い目を上げ、まるでこの広い世界にはいまだに驚かされるとでも言いたげに、不思議そうなまなざしでハンティンドンの目をのぞきこんだ。「だって、わたしには持参金がありませんもの」

「あなたの顔が、じゅうぶんな持参金になったのではないかな」侯爵が言った。その声は温かくからかうかのようだった。熟練した誘惑者の声ね、とハリエットは考えた。

「誰の顔も、じゅうぶんではありませんわ、侯爵」きびしい声で言う。

「いや、誰もあなたに求婚しなかったというのが信じられないんだ」

「両親が健在だったとき、求婚されたことはあります。でも、母がふさわしくないと考えました」

「あなたはどう思ったんです？」

ハリエットは驚いて侯爵を見た。「わ、わたしは何も思いませんでした」口ごもりながら言う。「人は常に、両親の判断には敬意を払うべきでしょう」

「心を惹かれていても？」

「結婚に心はあまり関係ないと思います」ハリエットは言った。「貴婦人は、ふさわしい男性と結婚すべきですわ。心も惹かれていれば、幸運と思えるかもしれませんけど」

「でも、そんな幸運な貴婦人はあまりいないと考えているようだね？」

「ええ、愛は結婚以外のところで見つけるものみたいですわ――あなたの場合のように」

ハリエットが真っ赤になった。

「ワインはいかがです、メトカーフ嬢？」ハンティンドンは心のなかで憤然としながらも、よどみなく言った。とはいえ、まったく自業自得だった。田舎の美女が自信をつけると、生意気になるということだ。しかし、メトカーフ嬢がひどく恥じ入って沈んだ様子なので、いつまでも怒っているのはかなりむずかしかった。無邪気さとなまめかしさというたぐいまれな組み合わせに、五感がかき立てられる。しかし、望みがかなうことはないだろう。結婚はしたくなかった。ずっと昔、小柄で魅惑的な美女、ドロシーと結婚した。けれども、妻はあからさまな不貞を働き、ハンティンドンが離婚という手段をとる前に、肺病で亡くなった。ドロシーも、かつてはこのメトカーフ嬢と同じくらい無邪気だった。女はみんな同じだ。最盛期が終わると、無情でふしだらな女に変わる。メトカーフ嬢も、無邪気でありながら、明らかに欲得ずくの考えかたをしている。

「先ほど言ったこと、お詫《わ》びします」ハリエットはこわばった声で言った。「その――つい――口がすべって」

「許しましょう」侯爵は答えた。「今シーズン、結婚相手が見つかるかもしれませんよ、メトカーフ嬢」

「わたしの目的は、ヘイナー嬢たちの結婚相手を見つけることだけです」ハリエットは言った。「でも、なんの苦労もないと思います。ふたりとも、とても魅力的で教養がありますから」

「その美徳の鑑《かがみ》たちはどこに?」

ハリエットはうなずいて、部屋の右側の隅を示した。「青いドレスのほうがセーラ、ピンクのドレスのほうがアナベルです。双子なんです」

ハリエットの声は誇らしげだった。ハンティンドンは片眼鏡を持ち上げてふたりを観察してから、それを下ろした。これまでに会った退屈なデビューしたての女性たちの誰とも、大差ないように見えた。思わず、メトカーフ嬢がいだいている愛情と誇りにふさわしい女性たちならいいのだが、と考えていた。

「ちっとも食べていませんね」ハンティンドンは手のつけられていないハリエットの皿

を見て言った。

「食欲がなくて」

ハンティンドンは微笑んでハリエットの目をのぞきこんだ。「ぼくがあなたの食欲を奪ったと、うぬぼれていいのかな?」

「いいえ、まさか」ハリエットが勢いよく言った。「それに、そんなことでうぬぼれるなんてばかみたいですわ」

どちらも、目を丸くして相手を見つめた——ハリエットは、明らかに驚いている侯爵と同じくらい、自分の無作法に驚いた。

「もうお詫びはけっこう」ハンティンドンは言った。「何か、完璧に無難なことを話しましょう。天気とか」

「それとも、お互いだけでなくヴィア卿とお話しするのはどうかしら」ハリエットが言った。

「彼がここにいれば、そうできるのですが」

「じつはいるんだよ」ハンティンドンの背後から声が聞こえた。ヴィア卿はすぐそばまで来ていて、会話に加わる気満々だった。

「ジョンソン嬢をもてなしていたのかと思ったよ」ハンティンドンは友人のために場所

を空けながら言った。

「ああ、だがぼくが不器用にも彼女のドレスにワインをこぼしてしまってね。ジョンソン嬢はよごれを落としに行ったんだ」

侯爵が、じっとヴィア卿を見た。その場から逃げ出すためにパートナーのドレスにわざとワインをぶちまけたのか、いぶかっているかのようだった。

「犬の具合はどうですか？」ヴィア卿がきいた。

「少しよくなったようです」ハリエットが答えた。「とても恥ずかしいですわ。あの子の具合が悪いことに気づかなかったなんて……。執事のレインバードは、かわいそうなビューティーの餌のお皿を何度も厨房に戻していて、ほとんど減っていないことに気づいていたんですって。どうしてそれを早く教えてくれなかったの、ときいたら、執事はあの子がもともと食欲がなくて、普段からほとんど食べないのかと思っていた、と言うんです」

「ふたりの若い女性をデビューさせるという重要な任務で頭がいっぱいになってしまっても、無理はありませんよ」ヴィア卿が言って、黒い目を賞賛のまなざしで輝かせた。

「さぞや鼻が高いでしょうね、メトカーフ嬢。あのふたりのことはすぐにわかりましたよ。礼儀作法の美しさに感心しました」

「まあ、ご親切にありがとうございます！」ハリエットが言った。フォークを手にして、上の空で少しずつ食べ始める。「じつを言うと、どんなふうに進めればいいのか、とても心配していましたの。社交界については何も知りませんけど、みなさんがすばらしく親切だということはわかりました」

「あなたが、ぼくたち全員のいちばんよい面を引き出すんですよ」ヴィア卿が言い、ハリエットはさざ波のような魅惑的な笑い声でその褒《ほ》め言葉を受け入れた。

ハンティンドン侯爵は、これまで別の紳士に出し抜かれたことなど一度もなかったが、今回ばかりはギルバート・ヴィア卿の勝ちを認めるしかなかった。ハリエットの心に訴えるふたつの話題は、あのみすぼらしい犬と笑い上戸の被後見人たちらしかった。

ヴィア卿は、侯爵とハリエットのあいだに座っていた。ハリエットのほうに身を乗り出して、ほとんど侯爵の視線をさえぎるようにしている。

「あしたは馬車でごいっしょできなくて残念です」ヴィア卿が言った。「でも、お訪ねしていいですか？」

「もちろんです」ハリエットが微笑んで応じた。「セーラとアナベルは、あなたとお近づきになれて喜びますわ」

「オペラに行くご予定は？」ヴィア卿が尋ねた。

「ボックス席を借りなければならないのですが、まだ手配をしていなくて……。それにオペラの後援者は、〈オールマックス〉の後援者と同じくらい、とても規則にきびしいそうですね。どうすればいいのかよくわからなくて、後回しにしていますの」

「メトカーフ嬢、喜んであなたのためにボックス席を手配しましょう。後援者たちなら、問題ありません。もう何シーズンものあいだ、ロンドンはこれほどの美女を目にしていませんから」

「うれしいことをおっしゃってくださるのね」ハリエットが目をきらきらさせて言った。「セーラとアナベルに、お褒めの言葉を伝えておきますわ」

ハンティンドンは、皮肉っぽく口もとをゆるめた。ギルバートが、純真なメトカーフ嬢に、それはあなたへの褒め言葉だと言いたくてたまらないのだが、言えば無作法になると思い直したのは明らかだった。同時にハンティンドンは、ハリエットがギルバートとの会話をとてもくつろいで楽しんでいる様子を見て、胸を突かれるような不快感を覚えた。しかし、ハリエットはヴィア卿を、セーラかアナベルの夫候補としてしか見ていなかった。おっとりした気取らない人柄が気に入った。ハンサムだが、侯爵のように心をかき乱し圧倒するようなハンサムさとは違う。ヴィア卿と話すのは楽しい。侯爵がどこかへ行ってくれればいいのに。

まるでハリエットの思いを感じ取ったかのように、侯爵が立ち上がってお辞儀をし、その場を離れた。ハンティンドンはカードルームのほうへ歩きながら、自分にしっかり言い聞かせた。予想どおり、ハリエット・メトカーフは退屈で世間知らずであることがわかった。考え直すには値しない、と。

しかし、舞踏室にいるほかの女性たちもみんな同じだろう。りりしい侯爵は友人たちとホイスト（ふたりずつ組んで四人で行うブリッジの前身となったトランプゲーム）の三回勝負をするために席に着き、愛人のベリンダ・ロムニーのことさえ忘れてしまった――そのベリンダは、ハリエットを嫉妬の目でにらみ、いつもは思いやりのある愛人が冷たく無関心になったのは、この新入りのせいに違いないと考えていた。

5

わたしが怒った顔を装ったときこそ、
ああ！　最もあなたを愛していたのだ。

——ジョン・シェフィールド
バッキンガム＝ノーマンビー公爵

舞踏会のあと、ハリエットが双子にビューティーの救出者の話をすると、セーラとアナベルは叫んだり、くすくす笑ったり、ハリエットをつねったり、ずる賢い人ねとからかったり、大騒ぎだった。双子が後見人に対してこれほど同情を感じたのは初めてだった。ふたりの虚栄心がこれほど手に負えなくなったのも初めてだった。セーラとアナベルにとっては、すべてがあまりにも単純だった。どちらの紳士も、双子に確実に紹介してもらうため、ハリエットと近づきになろうとしたのだ。恐ろしくハンサムで恐ろしく金持ちのハンティンドン侯爵が、ビューティーのような雑種犬の健康に少しでも関心を持つなどと、誰が信じられるだろう？

そしてハリエットは、すべきことをきちんとしていた。双子は寝るしたくをしながら、そこまでは認めた。刑の執行は一時停止しよう。ハリエットがみごとな働きを続けているあいだは、その評判をだいなしにする必要はない。舞踏会から帰る前に、ヴィア卿は午後三時に訪ねてくると言った。侯爵は五時十五分前に訪ねてくることになっていた。

双子は紳士たちの長所について言い争ったあと、平和的に、セーラがハンティンドン侯爵、アナベルがヴィア卿を射止めると決めた。

ふたりは興奮してなかなか眠れなかった。ドレスが選ばれた。それから、用意すべき水彩画の画帳と、飾るべき刺繡があった。

翌朝、使用人たちは、使用人部屋で朝食をとりながら、紳士たちの午後の訪問について話した。侍女のエミリーがいなかったので、いつもどおり思いのままに、うわさ話やおしゃべりができた。積極的にエミリーを嫌っているのはスカラリーメイドのリジーだけだったが、ほかの者たちも、侍女がいるとき〝家族〟が感じる遠慮が取り払われたことには気づいていた。

「メトカーフ嬢が、セーラさまかアナベルさまのどちらかと、紳士の一方でも結婚させることができれば、たいへんな名誉となるだろうな」レインバードは言った。

「もしかすると、紳士たちのお目当てはメトカーフ嬢かもしれないわ」ミドルトン夫人が言った。「本当にお美しくて、お優しくて、礼儀正しいかたですもの」

「エミリーがいるところでは、そういうことは言わないほうがいいかもしれません」リジーがおずおずと発言した。「メトカーフ嬢が好きじゃないみたいだから」

「きみが社交界の何を知ってるっていうのさ？ 手に持ってるのは掃除用ブラシだろ」ジョゼフがあざけった。料理人のマグレガーは、リジーがしょんぼりするのを見て、お茶のカップを従僕の前にわざと乱暴に置いた。

「どういう意味だ、リジー？」レインバードは、従僕に脅すような視線を投げてからきいた。

「エミリーには、よくわかんない何かがあるってだけです」リジーは慎重に言った。「こないだアリスが、メトカーフ嬢は、世の中ぜんぶの使用人が仕えたなかでいちばんすてきで、いちばん優しい貴婦人だって言ってたら、エミリーは何も言わなかったけど、顔をしかめてるのが見えました」

「それは、あんたがせっせと働いていなかったからでしょう」ミドルトン夫人が言った。

「暇を持て余しているようね、リジー。目上の人たちについての空想にふけっているだけよ」使用人のきびしい序列では、侍女は確かにスカラリーメイドから見て目上の人だった。ミドルトン夫人は、内心ではリジーをとてもよい働き手だと考えていたが、自分たちの境遇が変わったらこの子を昇進させたいという思いがあったので、本物の愛情をぶっきらぼうで厳格な態度の裏に隠しがちだった。

「そうかもしれません」リジーが力なく答え、レインバードは鋭い目を向けた。スカラリーメイドの髪にはつやがなく、顔はひどく青白くて、薄暗い使用人部屋ではほとんど緑がかって見えた。

「リジーに必要なのは、少しばかり新鮮な空気を吸うことだ」レインバードは言った。「公園を散歩してきなさい、リジー。仕事はあとでデイヴが手伝ってくれるから」

「犬を連れてってもらえるかな？」ジョゼフが勢いこんで尋ねた。「あんなみすぼらしい雑種犬を連れてるとこを見られるのは、ぼくの地位にとってよくないことなんだ。いつもルークにからかわれてさ」ルークとは、ジョゼフの友人でありライバルでもある、となりのチャータリス卿の屋敷で働く第一従僕のことだ。

「いいですよ」リジーはレインバードが反論しようとするのを見て、急いで答えた。怠惰で見栄っぱりな従僕だが、リジーはジョゼフを喜ばせるためならなんでもするのだった。

「とにかく、あいつを厨房には近寄らせないでくれよ」ジョゼフが感謝も示さずに言った。「ぼくの猫がいじめられるといけないから」

「その蚤《のみ》だらけの猫と結婚したらどうだ？」料理人が腹立たしそうに言った。「ムーチャーは、役立たずの自分自身を除けば、おまえが大事にしてるただ一匹の生き物だろ。なよなよ男《ジェサミー》め」

ジョゼフは侮辱の言葉に顔をゆがめた。ジェサミーとは、ジェサミンまたはジャスミンの訛りで、女々しく軟弱なことを意味する。ムーチャーが料理人の脚に体をこすりつけ、アンガス・マグレガーは無意識にしゃがんで猫を撫でた。料理人も、厨房の猫を気に入っていた。ムーチャーは鼠《ねずみ》を捕るのが最高にうまいからだ。

スカラリーメイドの分際で上階に姿を現すことはリジーには考えられなかったので、レインバードがビューティーを連れにいき、リジーに外階段の上で待つよう命じた。

ジョゼフの自己中心的な心の奥が、ほんの少しだけやましさにうずいた。「本当にありがとう、リジー」ぎこちなく言う。「あいつは子羊《こひつじ》みたいにおとなしいよ。面倒なことにはならないさ」

「ほら、グリーンパークに着いたら、犬にこの骨をやるといい」マグレガーが言った。

「動物は、餌をやる人になつくからな」

料理人は古い《タイムズ》のページに髄骨《ずいこつ》を包んで、リジーに渡した。

「ショールを巻いて行きなさい」ミドルトン夫人が鋭い声で言った。ようやく、スカラリーメイドがどれほど具合が悪そうに見えるかに気づいたのだった。

十分ほどのちにリジーが地階から出ていくと、すでにレインバードが革ひもでつないだビューティーとともに待っていた。レインバードは、クラージズ通りをグリーンパークのほうへ歩いていく少女と犬をじっと見送った。ふと、自分が冬じゅう、フェリースに関わる夢想にすっかり心を奪われていて、まわりのできごとに目を配っていなかったことに気づいた。フェリースは、昨年六七番地に住んでいたフランス人の侍女で、主人への奉仕によって結婚持参金と自立を獲得し、ブライトンに落ち着いた。レインバードの求婚を断りはしたが、まだ独身なので、考え直してくれるかもしれないという希望は残っていた。しかしシーズンが始まった今、すべてが終わるまで、ブライトンに行くための休暇は取れそうになかった。

二、三日たってもリジーの顔色がよくならなかったら、街の薬剤師のところへ連れていくことにしよう。使用人がちゃんとした医者にかかるのは、極端な緊急事態にあるときだけだった。ごく平凡な医者でさえ、一年分の給料をまるごと取るかもしれないからだ。

晴れて暖かい日だったが、そよ風にはまだかすかな冷たさが感じられ、春が来たように見えながらも寒の戻りがすぐ後ろに控えている可能性を、ロンドンっ子に思い出させた。

リジーは、すでに気分がよくなり始めたように思った。頭からショールを下ろして肩に巻きつけ、髪に降り注ぐ太陽の暖かな感触を楽しむ。ビューティーはとてもおとなしく気のいい犬なので、いっしょにいると楽しかった。

ピカデリーを横切ってグリーンパークへ行く代わりに、ハイドパークへビューティーを連れていくことにした。乗馬道路《ザ・ロウ》を走る貴族たちを見られるかもしれない。

ビューティーはリジーと並んでゆっくり歩き、毛皮に暖かい太陽を感じていた。用心深く頭を振る。まったく痛くなかった。思いきり頭を振ってみた。鋭く刺すような痛みが消えていただけでなく、ちゃんと耳が聞こえるようになっている。健康的な犬らしく、お腹がぐうぐう鳴った。腹ぺこだったし、横を歩いているこの人間からは、髄骨のおいしそうなにおいがしてくる。滑稽なほどふさふさした尾が、ゆっくり背中のほうへ巻き上がった。ビューティーは頭を上げて、熊のようないたずらっぽい小さな目であたりを見回し、おもしろい事件を探した。

膝下あたりで起こっている大きな変化には気づかずに、リジーは公園に向かって歩き続け、新しい革靴の柔らかでぜいたくな感触を楽しんでいた。レインバードは、使用人の賃金を上げてもらえるというよい知らせを受け取ったとき、みんなに報酬を与えるのを忘れるほどフェリースに関する夢想にふけっていたわけではなかった。アリスとジェニーは絹のリボンをもらった。ミドルトン夫人は新しい帽子。デイヴは新しい革のベスト。ジョゼフは絹のハンカチ。アンガス・マグレガーは新しいシェフィールド製スチールの肉切り包丁。そしてリジーは、これまで木靴しかはいたことがなかったが、ささやかな錫《すず》のバックル付のつやつやした黒い革靴をもらった。

リジーはとても信心深く、その主なる神は恐ろしい神で、常に頭上の雲に乗り、見栄っぱりな罪深い者をこらしめようと待ち構えていた。あとになって、その朝起こった恐ろしいできごとを振り返ったとき、リジーは神さまが愚かなうぬぼれを罰したのだと信じて疑わなかった。

リジーはパークレーンを渡って、ハイドパークのなかに入った。木々はきめ細かな緑のもやに覆われ、桜の花の香りが心地よく頭をくらくらさせた。しゃがんでビューティーの革ひもを外し、髄骨の包みを開いて犬に与えてから、ショールをザ・ロウのそばの芝地に広げて座った。マグレガーは、リジーに間違った骨を渡していた。渡したのは、スープストックをつくるために取っておいた骨で、まだ大きな肉片がついていた。ビューティーはそれにかぶりつき、肉の温かさが痩せたお腹まで下りていくのを感じ、毛皮に太陽を感じ、ときどき頭を振って、ひどい痛みがなくなったことを確かめた。

ビューティーは骨から最後の骨髄を舐め取ってから、寝返りを打ち、リジーの膝に頭をのせて、愛に目を潤ませてリジーを見上げた。この女神が自分を元気にしてくれたに違いないからだ。リジーはぼんやりと、犬の小さな頭を撫でながら、なんてみすぼらしく醜い顔の犬だろうと考え、メトカーフ嬢のような美しく上品な女性が、どうしてこんなペットを飼っているのかしらといぶかった。メトカーフ嬢の姿は一度しか見たことがないけれど、とてもきれいで優しげで、この世のありとあらゆる安らかでよいものを思い出させるような人だった。たとえば、春に咲く花々や、焼きたてのパン、蜂の巣から取った蜂蜜、濃いお茶——そういうものを、小さなスカラリーメイドは、ジョゼフの次に大切に思っていた。

ザ・ロウには人通りがなかった。上流階級の人々が昼前に起きることはほとんどないからだ。

そのとき、馬のひづめの音が聞こえ、リジーは目を上げた。ふたりの人、男性と女性がギャロップで馬を走らせ、こちらに向かってきた。リジーがすばやく、背の高いハンサムな男性と深紅の乗馬服を着たきれいな女性を見て取った直後に、惨事が起こった。ビューティーが大きな声で吠えて、弾丸のように飛び出し、貴婦人の馬の後ろ足に向かってうなったりすごんだりし始めた。馬はおびえて後ろ足で立ち上がり、女性を背中から放り出した。紳士が手綱を引いて、自分の馬を止めた。リジーは駆けていって、うなったり吠えたりしているビューティーの体をつかみ、革ひもにつないで若木にくくりつけてから、貴婦人のそばにひざまずいている紳士のところへ半泣きで駆け戻った。

　怒りに燃えるはしばみ色の目がリジーをにらみつけ、氷のような声が言った。「自分の犬を抑えておけないのか？」貴婦人のほうに振り返ってきく。「怪我《けが》をしたのか、ベリンダ？」

　ベリンダと呼ばれた貴婦人が、怒りをこめて言った。「いいえ、していないわ。でも、そこにいる下品な子のおかげではないわよ。公園の番人を呼んでちょうだい、ハンティンドン。その子を留置場に連れていってもらいます」

　リジーは恐怖に目を見開いて、お詫びの言葉を喉から搾り出そうとした。ところが、ハンティンドンがあきれたことに、ばったりと気を失ってしまった。

「きみはばかだな、ベリンダ」ハンティンドンは言った。「ほら、手を貸そう。たいしたことじゃないのに、小さな使用人の子を刑務所に入れると脅して怖がらせるとは」

　ベリンダ・ロムニーがさっと立ち上がって、乗馬服のよごれを払い落とした。「あんまりだわ」と息巻く。「最初は、フィリップス邸の舞踏会でメトカーフとかいう女をめぐる愚かなふるまいでわたくしを侮辱して、今度は、もう少しで殺されそうになったわたくしに向かって、ばかと言うのね。それなら、当然の罰として、あの犬を鞭《むち》で打ってやりましょう」

ベリンダがビューティーのほうへ進み、乗馬鞭を振り上げた。しかし侯爵は、それがハリエットの犬だと気づいた。犬には鞭打ちが必要だというベリンダの考えには同意したが、どういうわけか、自分の愛人がハリエット・メトカーフのペットを打つ場面を見るのは耐えられなかった。ベリンダの腕をつかんで向き直らせる。「だめだ、ベリンダ」侯爵は言った。「騒ぎを起こすな。昨夜ぼくが耐えなくてはならなかった騒ぎだけでたくさんだ」

足もとでリジーが身動きし、かすかにうめいた。侯爵はわきにひざまずいて、芝地から少女の頭を持ち上げた。

ベリンダが憤然とその場を立ち去るのがわかった。自分に腹を立てるのが当然だということもわかっていた。

リジーは意識を取り戻した。「本当にごめんなさい」か細い声で言う。「犬が……ずっとてもおとなしかったんです。あんなに悪い子だって知らなかったんです」

「きみにとって幸運なことに」侯爵が険しい顔で言った。「その犬を知っているし、ロンドンに着いてからずっと病気だったことも知っている。さあ、歩けるか？」

ハンティンドンはリジーを助け起こしたが、リジーはまたふらふらして、しっかり支えていなければ倒れそうだった。

侯爵は苛立ちの声をあげ、馬丁を大声で呼んだ。ベリンダと乗馬に出かけるとき、馬丁はたいてい少し離れた場所に控えていた。「馬車を取ってきてくれ」と命じる。「この使用人は具合が悪いんだ」

侯爵がリジーを軽く揺さぶって言った。「いいかい、誰もきみを刑務所に入れやしない。無事にクラージズ通り六七番地に帰れるよ――そこで働いているんだろう?」

「はい」リジーは小声で答えた。「スカラリーメイドです」

ハンティンドンは、ハリエットが目を覚ましているとは思わなかった。リジーとビューティーを連れてクラージズ通りに戻ったとき、まだ午前十時だったからだ――ロンドンでこんなに早起きするのは、ロムニー夫人のように乗馬を楽しむ人たちだけだった。ところが、侯爵がリジーを玄関広間に運び入れると、ハリエットが普段着姿で髪を肩に垂らして階段から駆け下りてきた。ハンティンドンはその姿を見つめている自分に気づき、鋭い声で言った。「きみの犬が、ひどい事故を起こすところだったんですよ」

「その子は!」ハリエットが息をのんだ。「うちの使用人だわ」到着した日、レインバードに全員を紹介され、出迎えの列の端に恥ずかしそうな様子で立っていた小さなスカラリーメイドを憶えていた。

「怪我してはいないが、気を失ったんだ」

レインバードが大急ぎで進み出た。「失礼いたします、侯爵さま」と言ってリジーのきゃしゃな体を侯爵の腕から抱き取る。「地階に連れていきます」

「ええ、お願い」ハリエットが応じた。「応接室に飲み物を持ってきてちょうだい」表の居間のことを、より立派な名前で呼ぶようになっていた。「ミドルトン夫人に、できるだけ早くその子の様子を見に行くと伝えて。なんていう名前だったかしら？」

「リジーです」

「リジーにお医者さまの往診が必要だと思うなら、ぜひとも呼んでちょうだい。侯爵、寒い玄関広間に立ったままではいけませんわ」先に立って居間のほうへ導く。

ハリエットは、ナイトガウンの上に流行のエプロンを着けていた。普段着として流行し始めたスタイルだ。ナイトガウンは襟が高く、袖が長い仕立てだった。どうやら起きて動き回るのではなく、ベッドで寝そべりながら着るものらしい。ハリエットは両手を上げて、急いで髪をねじり、頭のてっぺんでまとめた。

「どうぞ、お座りになって」侯爵に向かって言う。「何があったのか話してください」

「ぼくがザ・ロウでロムニー夫人という人と乗馬を……」ハンティンドンは言葉を切って細い眉を上げ、ハリエットの頬がピンク色に染まって、柔らかそうな唇が不意に固く結ばれたことに気づいた。では、メトカーフ嬢はすでに、愛人のことを知っていたのか。

「きみの犬が夫人の馬に襲いかかって、夫人が振り落とされたんですよ」

「ひどい怪我をなさったの？」ハリエットがきいた。

「ロムニー夫人は幸運だったよ、メトカーフ嬢。傷ついたのは自尊心だけだ」

「リジーはどうしたの？」

「当然、夫人はひどく怒っていた。きみのメイドを留置場に入れると脅したんだ」

「かわいそうなリジー。まだ子どもと言ってもいいくらいなのよ」

「病気の子どもと言ってよさそうだ。顔色が不自然なくらい青白いことに気づかなかったのか？」

「気づかなかったわ」ハリエットは動揺を覚えながら言った。「厨房に入ったことがないんです。到着したとき一度あの子を見たきりで……。ああ、わたしったら、ひどく不注意で思いやりのない人間に思えるでしょうね。最初はビューティーで、今度はリジー。そしてロムニー夫人は？　お詫びを言いに、お宅を訪ねるべきかしら」

「いや、やめたほうがいいでしょう」

「ええ、そうですわね」ハリエットは惨《みじ》めな気持ちで言った。「ロムニー夫人はあなたの愛人なんでしょう？」

「言葉を慎みたまえ、メトカーフ嬢。それとも、あなたの舌はその厄介な犬と同じくらい、抑えがきかないのか？」

ビューティーが侯爵にすり寄って手を舐めてから、黒い唇の両端を引き上げて、へつらうような笑みを浮かべた。

ハンティンドンは、ハンカチで手の甲をぬぐった。「その犬はまるで人間みたいだな。いつもそんなふうに笑うのか？」

「気づいていませんでした。動物が笑えるなんて思わなかったから。笑っているように見えるだけじゃないかしら」

「その並外れた愛玩犬を、どこで見つけたんです？」

「両親が亡くなったあとでした。両親は腸チフスにかかったんです。父は汚水だめを掃除しようとしませんでした。紳士階級の人間は、そういうものを超越した考えを持たなくてはならない、と言っていました。父はいつも、そういうことを言っていたんです。サー・ベンジャミンは、それを聞いて笑いました。サー・ベンジャミンが、笑う代わりに、何か実際的なことをするよう父を説得してくれればいいのに、とそのころ願っていたことを思い出します。とにかく、父と母は亡くなり、わたしは家を売り払って小さなコテージに引っ越さなくてはならず、使用人も雇えないことがわかったんです。自分の面倒は自分で見られますけど……でも、とてもさびしくて、そんなとき、川べりできょうだいたちといっしょに袋詰めにされたビューティーを見つけました。誰かが袋に子犬たちを入れて橋の上から投げたけど、水のなかには落ちなかったんですね。ビューティーだけが生きていました……」声がしだいに小さくなって消えた。ハリエットはうつむいて両手を見つめた。

「さびしかったと言ったね」侯爵がさりげなく言った。「でも、もちろんヘイナー嬢たちは訪ねてきたんだろう」

「わたしの小さなコテージを訪ねてくれるとは思えませんでした」ハリエットは答えた。「でも、サー・ベンジャミンが家にいるときは、ふたりにも会いました。いつもチョーリー・ホールでのディナーに招待してくれましたから」

「でも、村にはほかの人たちもいるだろう」

「もちろんですわ。でも紳士階級の人はほとんどいなくて、両親はとても頑固な人たちでしたから、サー・ベンジャミンとしかおつき合いせず、そのほかの人たちを格下と考えていました。でも、スペンサー嬢という人がいて、彼女はわたしのとても大切なお友だちです。ビューティーを飼い始めたあとに知り合ったから、今ではまったくさびしくありませんわ。それに、ここロンドンではセーラとアナベルもいます。あら、レインバードが来ましたわ。ワインをいかが、ハンティンドン卿?」

「ありがとう」ハンティンドンは、レインバードがカナリーワインを注ぐあいだ、ハリエットを見つめた。執事が立ち去るまで待ってから言う。「ひとこと忠告させてもらえるかな、メトカーフ嬢？　大胆すぎる言葉を慎むことを学ばないと、最後には犬しかつき合ってくれなくなるよ」

「でも、これまで誰かにあんな口を利いたことはなかったんです」ハリエットは率直に言った。「あなたに対してだけよ」

「ぼくが、そういう抑えのきかない正直さに値するどんなことをしたというんです？」

ハリエットは少しだけ首を傾けて、侯爵をじっくり観察した。

「あなたがわたしをいらいらさせるから、それに放蕩者としてすごく有名だからだと思いますわ」

ハリエットは愕然として、その場に凍りついた。いったいわたしはどうしてしまったの？　目に涙がこみ上げてきた。

ハンティンドンは慎重にグラスをテーブルに置いて、立ち上がった。「メトカーフ嬢」うつむいたハリエットの頭を見ながら言う。「きょうの午後、馬車での散歩に連れていくと約束したから、連れていきましょう。でもそのあとは、どんな行事でも、ぼくとのつき合いを避けていただくようお願いしたい。ぼくのほうも、あなたとのつき合いを避けるよう全力を尽くしますよ」

ハリエットは胸を突かれるような恐怖を感じた。双子はハンティンドン侯爵と会えることをものすごく喜んで、ものすごく興奮していたのに。ハリエットがおずおずと侯爵の評判について触れると、ふたりはあざけるように笑った。手に入れる価値のある紳士は放蕩者だけよ、とセーラはいつもハリエットを野暮《やぼ》な田舎者みたいに感じさせる、あの世慣れた態度で言った。

ハリエットは立ち上がって、深々とお辞儀をした。涙でいっぱいになった青い目を上げ、侯爵の目をのぞきこむ。「本当に、心からお詫びいたします」

ハンティンドンはハリエットに一歩近づいた。不意に、腕のなかに引き寄せてきつく抱き締め、全身でその柔らかな体を感じたくなった。はっとして後ずさる。まるで、よだれを垂らすいやらしい好色家のような気分だった。侯爵は無言のまま くるりと向きを変え、歩み去った。

ハリエットはふたたび椅子に座りこみ、わっと泣き出した。何もかもだいなしだ。いくら世間知らずでも、あのさっそうとした侯爵が社交界の中心人物であることくらいは学んでいた。たとえ社交クラブ〈オールマックス〉のまんなかでしゃれ者ブランメルを平手打ちしたとしても、社交界での評判をこれほど損なうことはなかっただろう。

数分後、ハリエットは涙をふいた。もう手遅れだった。せめてできるのは、午後に侯爵がもう一度訪ねてきたら、言葉を慎んで、できるかぎり行儀よくふるまうよう心がけることだけだ。セーラとアナベルに、わたしがどれほどひどいふるまいをしたかを知らせてはならない。どんなにがっかりするだろう！

それからハリエットは、スカラリーメイドのリジーのことを思い出し、使用人部屋に下りていった。ビューティーは激しい運動に疲れて眠ってしまい、ついてこようとはしなかった。

使用人部屋には、ミドルトン夫人とアンガス・マグレガーしかいなかった。

「リジーはどこ？」ハリエットはきいた。

「ベッドで休んでいます」ミドルトン夫人がお辞儀しながら言った。「すぐに仕事を始めさせます」

「きょうはベッドから起き上がらないほうがいいと思うわ」ハリエットは心配になって言った。「必要なら、もっとお手伝いを雇ってもいいのよ。リジーの部屋はどこ？」

「あの子の部屋はないのです、お嬢さま。空いている場所がほとんどないので、あの子は流し場にわら布団を敷いています」

「あの子がいるところを見せてちょうだい」ハリエットは言った。

ミドルトン夫人が案内した。リジーはハリエットの姿を見ると、懸命に起き上がろうとした。ハリエットは、リジーが横になっている薄いわらのマットレスを悲しげな顔で見下ろした。

「少しのあいだだけ、起きていてもらえるかしら、リジー」ハリエットは優しく言った。

「ミドルトン夫人、この子を抱き上げるのを手伝ってちょうだい」

「椅子を持ってきて、アンガス」ミドルトン夫人が頼んだ。リジーを抱き上げて椅子に座らせると、ハリエットはかがんで薄いマットレスを持ち上げた。あちこちからわらがはみ出て、裏面は湿っていた。

「本当に、この子が眠れる場所はほかにないの?」ハリエットはますます心配になってきいた。

「場所がないんです」ミドルトン夫人が答えた。「この子はただのスカラリーメイドですから、わたしの部屋に移すわけにもいきませんし」

「だったら」ハリエットは言った。「ここに、キャスター付ベッドと新しい毛布が必要よ。レインバードさんを呼んできて」

しかし、ちょうどそのとき、レインバードが医者とともに入ってきた。使用人たちとハリエットは、リジーが診察を受けるあいだ使用人部屋に退いた。

ようやく医者が出てきて言った。「あの子は単に、湿ったわらの上で寝ているせいでひどい風邪を引いただけですよ。乾いたものの上で寝られるようにしてやりなさい。強壮剤を出しておきましょう」それから快活に、ハリエットに請求書を送ることを伝え、せわしなく出ていった。

執事はメトカーフ嬢の許しを得て、きょうじゅうにキャスター付ベッドを買うと言った。のちに、リジーを新しいベッドに寝かせてから、使用人たちは小声でスカラリーメイドの具合について話し合った。彼らは、小さなリジーが今までどれほど不健康な状態で、ひどいマットレスに寝ていたかに気づいていなかった。しかし、使用人というのは厳格な序列に従っていて、むしろどんな紳士や貴婦人より目下の者には冷淡なのだ。

しばらくすると、屋敷にふたりのきわめて重要な訪問者を迎えるため、彼らはあちらこちらへ走り回り、忙しすぎてリジーを心配していられなくなった。ハリエットは、どうかお願いだから、侯爵がロンドンじゅうに自分の無作法で大胆なふるまいを言いふらしませんように、と祈った。侯爵に邪険にされるだけでもじゅうぶんなのに、罪のないかわいそうなセーラとアナベルがほかのみんなから邪険にされたら、何もかもがだいなしになってしまう。

ヴィア卿が訪ねてくるまでには、ハリエットはすっかり落ちこみ、自分が双子の社交生活をめちゃくちゃにしてしまったのだと考えていた。ハリエットがあまりにも青ざめて沈んでいるので、ヴィア卿は元気づけようとして、彼女の大切なふたりの被後見人をもてはやし、ふざけ合ったり、おだてたりした。ビューティーを撫でようとまでしてみたが、その勇気ある身ぶりさえ、ハリエットの美しい顔に笑みを浮かべさせることはできなかった。とうとう、いとまを告げる時間が来た。ヴィア卿はハリエットに、オペラのボックス席を予約しておくと請け合った。ふたりきりで言葉を交わして何をそんなに悩んでいるのか探り出したくてたまらなかったので、翌朝早く、苛立たしい被後見人たちがまだ確実に寝ているあいだに訪ねようと決めた。

ボンドストリートを気取って歩くには早すぎ、公園で馬車を走らせるにも早すぎる時間だった。ヴィア卿は、ハンティンドン侯爵の街屋敷へ向かった。チャールズ通りにある平凡な建物で、侯爵は、都会の所有地に金をかけるのは時間のむだと考える貴族一門の出身だった。

ヴィア卿が訪ねていくと、侯爵は図書室で請求書と招待状の山を整理していた。

「どうした、憂鬱そうだな？」ハンティンドンは、友人の暗い顔を見てきいた。

「メトカーフ嬢を訪ねてきたところなんだ」

「ああ、それで何もかもわかった」ハンティンドンは言って、椅子に背中を預け、頭の後ろで手を組んだ。「あの田舎の花は、なかなかの跳ねっ返りだ」

「何を言ってるんだ?」ヴィア卿が問いただした。「彼女は愛らしさそのものさ。でもすごく悲しそうで、すごく沈んでたんで、ふたりきりになって何を悩んでるのか話してもらいたくてたまらなかったよ」

「ぼくが話してやろう」ハンティンドンはよこしまな笑みを浮かべて言った。そして今朝のできごとをかいつまんで話し、最後にハリエットの不作法な言葉を詳しく描写した。

「きみがひどいやりかたで責め立てたに違いない」ヴィア卿が言った。「だからあんなに落ちこんでたんだ」

「それはそうさ」ハンティンドンは皮肉っぽく言った。「ぼくが彼女の無作法を社交界の人たちに言いふらせば、あの退屈なデビューしたての被後見人たちの社交生活がだいなしになると恐れているに違いない」

「でも、きみはそんなことしないだろう!」ヴィア卿が叫んだ。「メトカーフ嬢はぼくたちのやりかたに慣れてないんだ。田舎では、公衆の面前で堂々と愛人を連れ歩いたりする習慣はないんだよ」

「きみ、最近はいつ田舎に行った?」ハンティンドンは言った。「イギリスの森や雑木林は、淫《みだ》らな上流階級の面々でいっぱいだよ。クォーンの狩猟クラブで静かに食事を楽しんでいるときも、どこかのいかがわしい女が食堂の窓をコツコツたたいたり、頼みごとを叫んだりしている」

「しかし、メトカーフ嬢はすごく無邪気で、すごく傷つきやすくて……」

「それなら、ほかの人を傷つけないようにすべきだ。報復したくなるのが人間というものだからな」

「まさかそんなことしないだろう！」

「ああ、しないよ。きょうの午後以降、メトカーフ嬢とはいっさいつき合わない」

6

三時か四時ごろになると、社交界はいくらか活気を見せ始め、人々は訪問に出かける、というより、姿は見えないが集会の人込みのなかにいる友人に玄関先で名刺を残して帰ったり、買い物に行ったり、名所を見物したり、ボンドストリートをぶらぶら歩いたりする——不便で醜悪な通りが、なぜそんなに人を惹きつけるのか理解しがたい。

——ルイ・シモンド

ハリエットは、ハンティンドン侯爵の到着時刻が近づくにつれて、ひどく落ち着かない気分になった。本当に来るのだろうか。

セーラとアナベルは、リボン付の薄いモスリンのドレスと流行のボンネットで盛装し、座っていた。

「ねえ、セーラ」ハリエットはためらいがちに切り出した。「もしハンティンドン卿がいらっしゃらなかったら、すごくがっかりする？」

「ばかねえ。いらっしゃるわよ。どうしたっていうの？」

ハリエットはそわそわと時計を見た。四時四十五分まで、あと一分しかない。深く息を吸った。「きょう、ひどく不運なことが起こって――」

「いらしたわ！」セーラが叫んで、窓に駆け寄った。

ハリエットは立ち上がって、手袋をはめた。「外へ出て、ごいっしょしましょう。紳士は馬を待たせておきたがらないから」

ところが、侯爵はきちんとものごとを進めようと決めて、馬車の運転を御者に任せていた。ハリエットは付添い人としての役割にふさわしく、馬に背を向けて座り、セーラとアナベルと侯爵の三人は向かいに座った。

ハンティンドンは逆を向いてメトカーフ嬢と並んで座るべきだと思ったが、きっと女性たちがそろってあれこれまくし立てて反対するだろうとわかっていた。セーラとアナベルは、いちばんよい席に座ったせいでかなり損をしたことに、あとになって気づいた。侯爵の両側に座れたものの、ふたりとも最新流行の前ブリムが突き出たボンネットをかぶっていたので、それがまるで馬の目隠しのようになり、ハンティンドン卿の顔をちらりとでも見るには、それぞれがひどくぎこちなく体をよじらなくてはならなかった。

ハリエットは、顔の前で揺れる薄いベール付のかわいらしい麦わら帽子をかぶっていて、どこからもさえぎられず侯爵の全身を見ていた。

「すばらしいお天気じゃありません？」ハリエットは言った。

「ええ、本当に」侯爵が穏やかな声で応じた。「これ以上、嵐や突風は起こらないと思っていいんでしょうね」

「ええ、きっとだいじょうぶですわ、侯爵」ハリエットは侯爵と目を合わせずに言った。「悪天候に脅《おびや》かされることはもうないと思います」

「よかった」侯爵が言って、不意にまぶしいほどの笑みを浮かべた。

セーラはいらいらと気を揉《も》んだ。なんて退屈な女なの、ハリエットは！　つまらない天気の話なんかして。

「『田舎娘』のシドンズ夫人をご覧になりました？」セーラが侯爵にきいた。

ハンティンドン侯爵がその芝居とシドンズ夫人の演技について、感想を話し始めた。セーラとアナベルは、侯爵のひとことひとことに聴き入っていた。ハリエットはほっと小さくため息をついて、まわりに注意を移し、遠慮なく景色を楽しめる気分になった。預かっている令嬢たちがこんなにも礼儀正しくて、本当によかった。侯爵が、どちらかにぶしつけな言葉を浴びせられる心配はない。そこでハリエットは、馬車がハイドパークの木々の下を走るあいだ、幸せな心地で若葉を眺め、セーラとアナベルが同時に結婚式を挙げる姿を思い描いた。不意に、侯爵がハリエットの社交界での評判をだいなしにして復《ふく》讐《しゅう》するつもりなどないことを悟った。淡い陽射しが、輝く馬車と乗客たちの輝く宝石を照らしている。見るべきものがとてもたくさんあった。あの長くわびしい冬を越えたあと、疾走《しっそう》する馬車に乗って、春らしい空気の暖かさを感じ、花の香りをかぐのはすてきだった。

ハリエットの考えは、侯爵のほうに舞い戻った。結婚相手としてあまりふさわしくないのは残念だけれど、もし双子のどちらかに求婚したなら、許可しなくてはならないだろう。セーラは放蕩者を夫にするのも悪くないと考えていて、結婚後はほとんどの社交界の奥方たちと同じようにふるまい、夫の過ちには目をつぶるつもりらしい。

でも、そういうのはわたしには向かないわ、とハリエットは笑みを浮かべながら考えた。侯爵に目を向け、にらむような怒りのまなざしに気づいてはっとする。

ハンティンドンは、ハリエットに腹を立てていた。自分は令嬢たちにとても礼儀正しく接しているというのに、メトカーフ嬢はなんの権利があって、完全に自分を無視し、まるで別の誰かを夢見ているかのように、間抜けな顔に薄笑いを浮かべて座っているのだろう？

ハリエットは目を伏せ、柔らかくしなやかな姿で目の前に座っていた。絵に描いたような、従順でなまめかしい女らしさ。思わず、五感がかき立てられた。しげしげと見つめ、一糸まとわぬ姿を目に浮かべてみる。ハンティンドンは自分の考えにぎょっとした。厄介なのは、ハリエット・メトカーフが優しく純真な雰囲気と、柔らかく揺れるようなしなやかさ、その大きな青い目の不安げな無防備さで、男の胸のなかで高まっていく最も原始的な欲望をかき立てることだ。

どうやらギルバートはメトカーフ嬢に夢中のようだが、純粋にロマンチックな気持ちに動かされているらしい。ギルバートの幸運を祈ろう。ぼくは邪魔しない。アナベルがだじゃれを口にして、セーラがいっしょになってくすくす笑い出した。ハンティンドンは微笑み、機知を兼ね備えた美しさには心をかき乱されますね、と言った。セーラが侯爵の手首を扇子で痛いほどたたき、双子はまたけらけらと笑い出した。

くだらない、退屈な女たちだ、とハンティンドンは心のなかでつぶやいた。しかし、そんなにひどいだろうか？　ふたりはまさに、社交界で生きていく若い女性たちに期待されるとおりのふるまいをしている。快活さや負けん気やちょっとした独創性は、別の世界で探すべきものだ。人は妻に、たとえばハリエット・メトカーフのようにいつも堂々と容赦なく正直でいることを求めていない。

どうなるかは、今から想像がつく。〝おはよう、いとしい人。よく眠れたかい？〟〝いいえ、ハンティンドン、あなたのいびきがひどくて、頭痛がしたわ〟〝クラブへ行かなくてはならないんだ、愛する人。ブランメルにピケットで仕返しすると誓ったからね〟〝いいえ、あなたはクラブへは行かずに、いまだに囲っている女を訪ねるんでしょう〟

「わたし、何か失礼なことを言いましたかしら?」セーラが、まるでフェレットが穴から外をのぞくようにボンネットの長いつばの奥から目を凝らして尋ねた。「すごく怒っていらっしゃるみたい」

「脾臓《ひぞう》の調子が悪いらしいんです」

セーラとアナベルが、そろって同情の言葉をつぶやいた。不機嫌や憂鬱は、すべて脾臓の不調のせいと言えば済む。

ハリエットでさえ少し興味を示し始めた。「わたしの友人のスペンサー嬢も、そういう不調にひどく悩まされていますの」と言う。「それで、バースへ湯治に出かけたんです。すごく効き目があったそうですわ」

「ありがとう」侯爵が淡々と言った。「悪化するようなら、バースに行くことにしよう」

ハリエットは、捕食動物の目のようにきらりと光るまなざしを向けられ、ふたたび目を伏せた。侯爵の想像のなかで、初めての夫婦げんかをしたとは夢にも思わなかった。

彼らの馬車の横に、たくさんの馬車が停《と》まり始めた。最初はフィリップス卿夫妻、次にヴィリアーズ男爵夫人、次にクランプ夫人と娘たち、それから〈オールマックス〉の最も畏るべき後援者のひとりである、ほかならぬリーヴェン伯爵夫人。侯爵が紹介役を務めるあいだ、ハリエットは気を引き締めて慎み深いふるまいをしようと最善を尽くし、この社交界の第一人者がセーラとアナベルをとても気に入ったらしいとわかって喜んだ。ハリエット自身は認めないだろうが、その理由はリーヴェン伯爵夫人が明らかにおべっか使いを好んでいるからだった。

きわめて重要な〈オールマックス〉の入場券がこれで確保されたと悟って、ハリエットは成功にすっかり酔いしれ、侯爵に輝くような笑みを向けたので、ハンティンドンは笑みを返して、この先いっさいつき合わないと誓ったことを忘れそうになった。

しかし、クラージズ通りに戻るまでには、いくらか正気に返った気がした。自分の愛情が真剣なものにならないかぎり、この美しい付添い人をギルバートから横取りしようとするのは不人情だろう。ハリエットから遠く離れれば、その魔力から自由になれる気がした。ギルバートのためにできる最善の策は、機会を残しておくことだ。

しかしハンティンドン侯爵は、思っていたより早くメトカーフ嬢をめぐる事件に巻きこまれることになるのだった。

数日後、上階の人々が出かけているあいだ、ジョゼフはグリーンパークでビューティーを散歩させていた。この犬を連れて歩くのはいやだった。リジーは起き上がれるようになり、少し回復し始めたようだったが、スカラリーメイドに犬の散歩を頼めばほかのみんなにわがままを責められそうで怖かった。

ビューティーは、以前のようなおとなしい控えめな犬ではなくなっていた。意気揚々と跳ねながら進み、よこしまな小さい目を鋭く左右に動かしている。ジョゼフはグリーンパークでビューティーを革ひもから放し、友人で隣家の第一従僕のルークが外気に当たっているところへ歩いていった。

「暇なのか？」ジョゼフはきいた。

「ジョンストンさんに手紙を届けに、ケンジントンへ行かされたのさ」ルークが言って、芝生を蹴った。「ちょっと散歩しようと思ってね。ブレンキンソップじいさんが、山ほどの銀器をぼくに磨かせようと待ち構えてるんだ」ブレンキンソップはとなりの執事だ。

「きみは何してる？」

「犬の散歩だよ」ジョゼフは答えた。「というか、あいつはどこ行った？　あっ、まずい！」

ビューティーはため池の反対側にいて、アイリッシュ・ウルフハウンドを全速力で追いかけていた。かんかんに怒った飼い主がウルフハウンドをつかまえて助け、ジョゼフとルークが駆けつけるまで、鞭を振ってビューティーを近寄らせないようにしていた。ジョゼフはビューティーを革ひもにつなぎ、しつこいほど何度も謝って、ウルフハウンドの飼い主の怒りを鎮めようとした。

ようやく事態が落ち着くと、ジョゼフはビューティーをにらみつけて、ルークに言った。「ひもを持っててくれ。このむかつく犬を鞭で打ってやる」

「やめとけよ」ルークが言って、興奮に顔を紅潮させた。「ほら、おいで」仕着せのポケットを探ってチョコレートを出すと、ビューティーはぱくりと食いついてからお座りし、はあはあと息を弾ませてもっと欲しがった。

「頭がいかれたのか？」ジョゼフはかっとして叫んだ。

「いいや、この犬は金になるぞ。もんのすごい大金に」

「よせやい」ジョゼフは言った。ルークといるときは、気取った口調で話すのをあきらめていた。

「ばか、本当だってば」ルークが言った。「この犬はけんか好きだ。サリーのほうに、闘犬をやってるとこがあるんだ。チャンピオン・キラーは、飛び入り参加も受けてるぜ」

「それがどんな儲けになるってんだ？」

「賞金五十ポンド、おまけに個人の賭けでも稼げるぞ。この犬はたいして強そうに見えない。でも、この歯を見てみろよ！」

ジョゼフはしゃがんでビューティーの歯を調べようとしたが、ビューティーは恐ろしいうなり声をあげて後ずさった。

「むずかしいな」ジョゼフは言って、まっすぐ立った。「だって、この犬はぼくに反抗するんだ。ウェストミンスター橋を渡る前に、ぼくに嚙みついてるよ」

「ジョゼフ！」女性の声が呼んだ。

「リジーだ」ジョゼフが憂鬱そうに言った。「いつもぼくを追い回してるんだ」

しかし、ビューティーの変化はすばやかった。尻尾を勢いよく振って、革ひもを引っぱる。

ルークが思案ありげに顎を撫でた。「こいつの好きな人が来たわけか。ひもを外してやれよ」

ふたたびジョゼフが放してやると、ビューティーはリジーのほうへ駆けていき、うれしそうにキャンキャン鳴いてから、何度も飛び跳ねてリジーの顔を舐めようとした。

「いい子ね」リジーは言った。「さあ、伏せしなさい」

ビューティーはすぐに芝地に伏せて、崇めるような目でリジーを見上げた。

「レインバードさんが、少し新鮮な空気を吸うようにって外に出してくれたんです、ジョゼフさん」リジーがはにかみながら言った。「こんにちは、ルークさん」

となりの従僕にお辞儀をする。

「ジョゼフとふたりだけで話したいことがあるんだ」ルークが言った。「ちょっとその犬を散歩させてくれないかな、リジー？　きみのことが好きみたいだから」

リジーはうなずいて、ジョゼフから革ひもを受け取り、公園を歩き出した。ビューティーがすぐ後ろを飛び跳ねながらついていった。

「よし、リジーをいっしょに連れていければ」ルークが言った。「すばらしい楽しみが待ってるぞ」

「リジーが、ご主人さまのペットを闘犬場なんかに連れてくもんか」ジョゼフは叫んだ。

「あの子には、到着するまでそのことを知らせないんだよ」ルークがじれったそうに言った。「そうすれば計画を手助けしたことになって、口を閉じてるだろ」

「でもどうやって、夜に休みを取ればいい？……おまけにリジーを連れて？　きみはどうやって休む？」

「ぼくは、ブレンキンソップにちょっとした作り話をするさ。なあ、いいかい。このあいだきみは、あのスカラリーメイドのことでみんな大騒ぎしたとか、あの子が病気になって、強壮剤やら新しいベッドやらを買ってやるんでたいへんだったとか言ってただろ」

「うん、言ったよ」

「レインバードに、あの子をちょっと散歩に連れてくついでに、犬も連れてくと言ったらどうだい。橋の向こう側へ行くだけだよ。ひと試合十分間だけやって、家に帰ろう」

「いや、どうかな」ジョゼフは不安になって言った。

「賞金五十ポンドだぞ、おまけに賭け金もだ」

ジョゼフは決心した。「わかったよ」と言う。「でも、リジーをだますのはいやだな」

「あの子にのぼせてるのか?」

「スカラリーメイドに? ぼくが?」ジョゼフはひどく傲慢《ごうまん》な態度で言った。「自分の品位を落とすようなまねはしない」

ルークは、少し離れた場所で物言いたげな目を向けているリジーを見た。そして呼びかけた。

「ねえ、リジー」ルークは言った。「きみが病気だったたっていう話を聞いてたんだ」

リジーは、大好きなジョゼフが親友に自分の話をしたのだと考え、喜びに頬を染めた。

「あのさ、それでね」ルークが勢いこんで続けた。「ジョゼフとぼくは、今夜ウェストミンスター橋を渡ったところまでちょっと散歩に行こうと考えてて、もしよかったらきみもいっしょにどうかなと思ったんだ。その犬を連れていくといいかもしれない。そうすればきっと、ご主人さまとレインバートさんがジョゼフに許可してくれる」

「うわあ、ぜひ行きたいです」リジーが言って、興奮に震え始めた。「ミドルトン夫人は行かせてくれると思う、ジョゼフ?」

ジョゼフは顔をしかめ、リジーが身のほどを忘れているのではないかと考えた。ルークの前では、〝ジョゼフさん〟と呼んでもらいたかった。

「どうにかなるだろう」ジョゼフは偉そうに言った。ルークと並んで歩き始め、リジーはビューティーの革ひもを引いてあとに続いた。

レインバードが、今夜リジーとジョゼフに休みを取らせ、ビューティーを連れて散歩に行かせる許可を求めると、メトカーフ嬢はとても喜んだ。ハリエットは、自分と双子のために劇場のチケットを手に入れていた。以前からずっとビューティーのようなペットを飼っていることに後ろめたさを感じ、街屋敷の使用人たちが何も言わずに犬を受け入れてくれたようでとにかくほっとしていた。自分でビューティーを散歩させたかったのだが、社交界の非難を招いて、セーラとアナベルのシーズンでの成功をだいなしにしたくはなかった。

ビューティーは確かに、奇妙な姿をしたペットだった。貴族は、猿《さる》や鸚鵡やパグをペットとして飼っていた。こういうきびしい時代には、きわめて裕福な者しか動物に哀れみを示すようなぜいたくはできなかったからだ。ビューティーのような犬は、鼠を捕るか、炉端で回転式肉焼き機を回して働くことになっていた。ハリエットは、変わり者となじられたくなかったので、たいていはビューティーへの本当の愛情を隠そうとしていた。

　リジーはいちばん上等なドレスを着て、いつものつやをほとんど取り戻すまで髪にブラシをかけた。それから、とても大切にしている深紅の絹のリボンでふさふさした長い髪を結び、靴についた錫のバックルを磨いた。しかし、あまりにも興奮して、熱病にかかったかのように頬が赤くなり、今にも泣き出しそうだったので、アリスとジェニーとミドルトン夫人は、外出させていいものかと議論し始めた。

　けれども、ほどなく魔法の時は本当にやってきて、リジーはルークとジョゼフに付添われ、クラージズ通りに出た。ロンドンでいちばんハンサムな男性ふたりだわ、とリジーは誇らしげに胸につぶやいた。

　驚いたことに、ルークは先に立って、クラージズ通りの突き当たりにある厩に向かった。ルークによれば、リジーが弱っていて歩くのはたいへんだろうから、一頭立て二輪《ギグ》馬車を一時間借りたらどうかと、ジョゼフが提案したという。リジーはきらきらした目でジョゼフを見上げ、あたしの英雄がそこまで心配してくれるなんて、と驚いた。

〈ランベス厩〉に着くとさっそく、ギグにつながれようとしている馬にビューティーが吠えかかり、噛みつこうとした。ルークは大声でジョゼフにビューティーを押さえるように言って、細いロープをさっと取り出し、犬の口を縛りつけた。

「それ、やらなきゃだめですか？」リジーは叫んだ。「すごく苦しそう」リジーはもともと、それほど動物が好きではなかった。厨房の猫をかわいがっているのはジョゼフの猫だからで、動物を愛するということは、スカラリーメイドには手の届かない高尚なぜいたくだった。ムーチャーは鼠を捕る猫としてめざましい働きをしている。何もしないでだらけているビューティーのような犬は、役立たずだった。それでもリジーは、優しくきれいなメトカーフ嬢を敬愛していたし、ビューティーが小さな目をぎょろぎょろさせておびえている様子には、人間を思わせる何かがあった。

ビューティーはギグの床板の上に放りこまれた。リジーはジョゼフのとなりに座り、ルークは前に座って手綱を握った。

リジーはうずくような不安を感じ始めた。ルークもジョゼフもアルコールのにおいをぷんぷんさせて、神経質な様子をしている。ふたりとも外出がリジーのためだということを忘れてしまったようで、ルークがすばやくギグをピカデリーのほうへ向けると、リジーはよろけてジョゼフの肩にぶつかったが、乱暴に押しのけられた。

ウェストミンスター橋に差しかかると、渋滞に巻きこまれた。誰も彼もがヴォクソールガーデンズをめざしているようだった。床板の上で、ビューティーは低い苦痛の鳴き声を漏らした。止まったり、走ったり、また止まったりするギグの動きに吐きそうになったうえに、ルークが口を縛ったロープがひどくきつかった。

「ビューティーの口のひもを外していいですか？」リジーはきいた。「もうとてもおとなしくなってます」

「そいつを元気にさせとくほうがいいかもしれないな」ルークが言い、振り返ってジョゼフに目配せした。「なんにもできやしないさ。馬車に乗ってるんだから」

リジーはビューティーの口からロープをほどいた。ビューティーはそわそわと身動きして、うなった。

「黙れ」ジョゼフが言った。ビューティーは嫌悪の目でジョゼフを見上げた。こんな目に遭ったのはこいつのせいだ。それに、こいつからはかすかに猫のにおいがする。ビューティーは歯をむき出した。

ジョゼフはかがんで犬をたたこうとしたが、ビューティーはその黒いビロードの袖に嚙みついて、荒々しく引き裂いた。ジョゼフは怒りの叫び声をあげた。

ビューティーはのろのろ運転のギグから飛び降りて、革ひもを引きずったまま雑踏のなかへ消えた。

ルークが悪態をついて、渋滞のなかギグを操り、犬を追いかけようとした。貴族の馬車のわきを通り抜けたとき、不快なガリガリという音がして、ニスが塗られた車体に長い引っかき傷がついた。

「うわっ、ちくしょうめ！」ルークが毒づいた。馬車だけでなく、あいた窓からこちらをにらんでいる怒った顔に気づいたからだ。

屋敷の主人、チャータリス卿だった。

「おまえ、ここで何をしている？」主人がどなった。「いいや、答えるな。どうせ嘘に決まっている。ブレンキンソップに、おまえの賃金から馬車の塗り直し代を差し引くように言っておきなさい。それからあしたの午後二時、わたしの書斎に来なさい」

ルークが何も言えずにいるうちに、チャータリス卿はガラス窓をぴしゃりと閉じ、杖《つえ》で馬車の天井を軽くたたいて御者に進むよう合図した。

「あーあ、何もかもおしまいだ」ルークが言って馬車の向きを変えた。「ブレンキンソップじいさんには、ユーストンに住んでる祖母《ばあ》ちゃんが危篤《きとく》だから会いに行くって言ったんだ」

「ブレンキンソップがそれをうのみにしたって？」ジョゼフが叫んだ。「去年、アスコットに行ったとき、きみはブレンキンソップに祖母ちゃんの葬式に行くと言ったじゃないか」

「うるさい」ルークが情けない顔でつぶやいた。

「ビューティーを連れ戻さなきゃ帰れないわ」リジーが叫んだ。

「いいや、帰れるさ」ジョゼフは邪険に言った。「捕まえられやしないよ。ぼくはあいつがおぼれ死んだってかまわないね」

リジーはギグから飛び降りた。少しよろけたが、道路の上で体勢を立て直して、雑踏のなかへ駆けていった。

「ほっとけ」ルークが言った。「どうせ犬は見つからないし、遠すぎて帰れないってこともないさ」

ジョゼフは、自分も降りてリジーのあとを追わなくてはいけない気がした。けれど、今はいている靴はいちばん上等なうえに、理想である貴族的な小さい足にするため二サイズ小さかった。つま先がずきずきと痛んだ。屋敷に戻ったら、何かしら嘘をつかなくてはならないだろう。でも、リジーがばらすことはないはずだ。絶対に。

リジーは橋の柵まで走っていって、テムズ川の南側に続くスタンゲート通りのほうを見た。思ったとおり、ビューティーがいた。ふたりの若者が革ひもを捕らえ、引っぱっていこうとする。リジーは恐怖の叫び声をあげて、また走り始めた。スタンゲート通りから、フォア通りを走り続けると、ようやく夕暮れのなか、行く手にまだあの若者たちに引きずられているビューティーが見えた。

ビューティーはうんざりしていた。乱暴に引きずり回される不快さからやっと立ち直ったところだったのだ。もう我慢できない。くるりと向きを変え、一方の若者の足首に嚙みつく。若者が痛みに叫び、ビューティーの革ひもを落とした。ビューティーは木々と花々と芝生のにおいをかいだ。田舎のにおい、故郷のにおいそのものだった。全速力で走り出し、ヴォクソールガーデンズの入口の回転ドアをまっすぐ抜けて、木々のあいだに駆けこむ。それから、ごろりと横になって自由を楽しんだ。

ビューティーが遊園地のなかに消えるのを見ていたリジーは、あとを追いかけていくしかないと決心した。

ヴォクソールガーデンズは、いつもは五月まで開園しなかったが、今夜は有名なバラッド歌手カーリス夫人の引退を記念して一夜だけあけていた。

この遊園地は、木々がびっしりと植えられたおよそ十二エーカーの四角い森だった。四本の主要な道が木立のあいだに延び、横に走る何本かの細い道が直角に交差している。空き地には、ギリシャ風の円柱や、あずまや、劇場、神殿があり、楽団がいて、舞踏場もあった。ヴォクソールは、階級の垣根を取り払っているという点でめずらしく、貴族はもちろん一般庶民もよく訪れていた。

リジーはドレスのわきのスリットから手を入れてペティコートのポケットを探り、レインバードにもらった一シリングを取り出した。いったんなかに入ると、付添いのいない女性を狙うありとあらゆる厄介ごとが降りかかった。小道からそれて木立のなかでビューティーを捜すたびに、どこかの酔った若者に追いかけられ、抵抗して必死に安全なところまで逃げなくてはならなかった。「ビューティー」と呼ぼうとしたが、男たちがいっせいにまねをしてあざけるので、黙って捜すことにした。めまいがして、気が遠くなってきた。ハリエットのペットを心配する気持ちと新しい靴の軽いはき心地のおかげでここまではすばやく走れたが、今では震える脚で暗闇のなかをよろよろ歩き、動くものすべてがいなくなった犬に見えた。

ビューティーは探検に出かけていた。どこかの庶民に革ひもを盗まれたので、今では茂みに引っかかることなく走り回れて快適だった。お腹がぐうぐうと鳴った。あたりのにおいをかぐ。ドイツのスモークハムのすばらしい香りが漂ってきた。においをたどっていくと、空き地に出た。

目の前には、半円形のボックス席が広がり、おおぜいの紳士淑女がテーブルに着いて野外での夕食を楽しんでいた。

　そのときビューティーのビーズのような目が、下段のボックス席にいる男女をとらえた。紳士には見覚えがあった。すっかり甘やかされた犬らしく、歓迎されると信じきって、ビューティーは喜びに小さく吠えながら跳ねるようにそちらへ向かった。


　ハンティンドン侯爵は、疲れてうんざりしていた。自分は修道士のような生活を送る運命にあるのかもしれない、と考え始める。横には、ヴォクソールのボックス席のテーブルに着いたベリンダ・ロムニーがいた。ベリンダの髪はつやつやに輝くまでポマードを塗られ、目は首を飾るエメラルドのごとく緑色にきらめいていた。肩には貫禄があった。侯爵は嫌悪をこめてその姿を見た。もうベリンダと寝ることはできない。こういう満開の薔薇を、いくつ摘んできたことだろう？　ふと、まだ子どものころ、チョコレートをどっさり盗んで食べたことを思い出した。母親は息子の罪に気づかず、さらにチョコレートをくれた。ハンティンドンは真っ青になって居間から駆け出したのだった。ベリンダを見ていると、当時と同じような気分になった。

　亡き妻の不貞で、うわべの純真さや無邪気さがふしだらな心を隠せることを学んで以来、ハンティンドンは社交界の不純な女性たちとのつき合いを楽しんできた。そういう関係のなかなら、幻滅させられることもなかった。

ハンティンドンは、ベリンダとの関係を終わらせるべきだと気づいた。おそらく高くつくだろう――とはいえそれは感情面ではなく、金銭面の問題だった。

「ベリンダ、ぼくたちはいいつき合いを楽しんできたが――」ハンティンドンは切り出した。

「そして、これからもっと楽しくなるわ」ベリンダが言った。「食事を始められればね。ハムを切り分けてくださるの、それとも、あれはただの飾り？」

「すまない」ハンティンドンは立ち上がって小さな肉切り台のところへ行き、長く鋭いナイフと大きなフォークを手に取った。ハムを数枚薄切りにして皿に盛りつけたとき、出し抜けに、ハリエット・メトカーフの腕が首に回され、唇が自分の唇に重なったような気がした。その妄想はあまりにも真に迫っていたので、押し寄せる心地よさが体じゅうを駆けめぐるのが感じられた。

ハンティンドンは何が起こっているかに気づいておらず、ベリンダが悲鳴をあげて身をすくめ、侯爵が先ほど空けた椅子にビューティーが飛び乗って、下方で笑っている人々をうれしげに横目で見ていることも眼中になかった。

ハンティンドンは、ぼんやりとハムの皿をビューティーの前に置いた。

ハリエットの幻が消えていった。

侯爵は目をしばたたいた。ベリンダが大声で叫びながらビューティーを指さし、犬はハムをがつがつと食べていた。

犬には見覚えがあった。「おまえ、ここで何をしている?」ハンティンドンは尋ねた。

「犬が返事をするとでも思ってるの?」ベリンダが金切り声で問いただした。「あれは、公園でわたくしに襲いかかった犬だわ」

「これはハリエット・メトカーフの犬だ」侯爵は言って、ボックス席の端から身を乗り出して、群衆を眺め渡した。

「まあ、そう!」ベリンダはにらみつけるような鋭い目つきをした。フィリップス邸の舞踏会で、ハリエットの名前は探り出していた。愛人を誘惑して奪おうとしているらしい魅惑の美女が何者なのか、どうしても知りたかったからだ。

「ハンティンドン」ベリンダはきびしい口調で言った。「その犬を追い払ってちょうだい」

「すぐに」侯爵は群衆に視線を走らせながら言った。「メトカーフ嬢を探しているんだ」

「ああ、もう!」ベリンダは腹立ちまぎれに、扇子でビューティーの小さな頭を思いきりたたいた。ビューティーが扇子に食いついて鼈甲《べっこう》の持ち手をバリバリかじり、テーブルに破片を吐き出した。

ベリンダは、下方でじろじろ眺めたり、はやし立てたり、笑ったりしている群衆のなかに、自分の崇拝者のひとりを見つけた。「ハンティンドン」ベリンダは言った。「その雑種犬をどうにかしてくれないなら、わたくしは行くわ」

侯爵は返事をしなかった。ちょうどリジーを見つけたからだ。

「おや、あのスカラリーメイドがいる。なんという名前だったかな。ああ、リジーだ……リジー！」大声で呼ぶ。

リジーは目を上げ、侯爵だけでなくビューティーの姿を見た。テーブルの上に立って、パンチのボウルの中身をピチャピチャと飲んでいる。

リジーがボックス席に近づいていくあいだに、ビューティーはすっかり酔っぱらって、ゆっくりとテーブルに倒れこみ、いびきをかき始めた。

「あたしが連れていきます」リジーは大あわてで言った。「本当にごめんなさい、侯爵さま。ずうっと捜して捜して……」犬のぐったりした重い体を持ち上げてから、ふらふらと立つ。顔は真っ青だった。

ハンティンドンはリジーの腰をとらえて、ベリンダを呼んだ。「手を貸してくれ。犬とメイドの両方は抱えられない」

ベリンダは、嫉妬に燃える怒りの表情で言った。「それなら、メトカーフ嬢を呼びにやったらいいでしょう」ボックス席から軽《かろ》やかに飛び降り、崇拝者であるレーシー氏の腕のなかへ消える。この男性は、ベリンダが侯爵に腹を立てているのを見て、ボックス席の下で期待をこめて待っていたのだ。

ハンティンドンはリジーを椅子に座らせてから、首輪をつかんでビューティーの体を持ち上げ、テーブルの下に放りこんだ。ハンカチを冷たい水に浸してから、メイドの額に当ててやる。リジーが懸命に起き上がろうとしたが、侯爵は力強い手でその体を押さえた。

「ご主人はどこにいる?」ハンティンドンは尋ねた。

「メトカーフ嬢はお芝居に行ってます、侯爵さま。その、ぜんぶ、うちの従僕のジョゼフにグリーンパークで会ったときに始まって……」

ハンティンドンは、リジーの話を最後まで聞いてから言った。「きみは幸運だよ、リジー。ちょうどウェストエンドへ戻るところだから、クラージズ通りまで馬車で送ってやろう」

ハンティンドンはビューティーを起こそうとしたがうまくいかなかったので、酔っぱらった犬をまるでひどく悪趣味な襟巻のように首に巻きつけて、馬車のほうへ向かった。

高貴な身分のハンティンドン侯爵が、明らかに最下層らしき使用人に手を貸して馬車に乗せ、死んだ犬のようなものを首に巻いているのを、おおぜいの上流階級の人々が目を丸くして眺めていた。

ハンティンドンは、自分の使用人たちに、社交界のたいていの人々に接するのと同じく、一定の距離を置いて礼儀正しく接していた。だから帰り道では、リジーに身の上話をするよう促し、まるでデビューしたての女性をもてなすかのように、さまざまな著名人たちを指し示した。

馬車での移動は、侯爵にとってはほとんどなんの意味もなかったが、リジーにとってはかけがえのない体験だった。レインバードが快く散歩に行かせてくれるとはいえ、これまで人生の大半を地下で過ごしてきたリジーは、別世界へ運ばれていくかのような気持ちになった。空気は暖かく甘かった。ウェストミンスター橋のランプの明かりが、ガラスのシールドのなかで揺らめいた。生まれて初めて、リジーは考え始めた。あたしはこれからもずっとスカラリーメイドなのだろうか、自分がめざせるほかの道はないのだろうか——いつか馬車に乗れるようになり、今この瞬間みたいに優しく礼儀正しく扱ってもらえる世界へ行ける道は？

「どうしてジョゼフとルークが、あたしと犬をギグに乗せて連れていきたがったのか、わからないんです」リジーはおずおずと言った。

「それはね、お嬢さん」侯爵が言った。「若い男ふたりが突然、犬をサリーのほうへすぐにでも連れていきたがったとしたら、たいていはその犬を闘犬に出すつもりだということだよ」

「あのふたりが、まさかそんな」リジーは息をのんだ。

「大金が手に入るんだ。あまり責めないでやってくれ」

リジーは黙ってじっくり考えてみた。ジョゼフはずっとリジーにとって、たとえこういうひどいことをしても、あらゆる紳士らしさの典型のように見えていた。しかし、今目の前にいる本物の紳士は、リジーをあざけったり見下したりしなかった。馬車が橋を渡って曲がったとき、リジーは侯爵のほうへよろめいたが、侯爵は道路から目をそらさずに、手を差し伸べて支えてくれた。ジョゼフだったら、押しのけただろう。

「きみのご主人はまだ戻っていないだろうね」侯爵が言った。

「はい、侯爵さま」リジーは答えた。「あたしが厨房に犬を連れていって、それで……それで……できるだけ騒ぎにならないようにします」不安な気持ちで侯爵を見る。

「そうだね」侯爵が言った。「説明はすべてきみに任せるから、安心していい。あの従僕の作り話を裏づけるためにどんな嘘をつく必要があるか、考えているんだろう」

そのとおりのことを考えていたので、リジーは畏れ入って侯爵を見つめた。

けれども、ああ、哀れなジョゼフ。リジーが六七番地にたどり着く前に、すでにひどく困った立場に置かれていた。ジョゼフがひとりで戻ると、レインバードは震え上がった。従僕が大声で弁解し、たいしたことではないふりをしてもむだだった。レインバードはギグが出発する音を聞いていた。外出の目的がリジーと散歩することだったなら、どうしてギグを借りた？　ルークがそれとどう関係している？

怒りに燃える執事と料理人に詰め寄られ、厨房の壁に押しつけられて、とうとうジョゼフは本当のことを白状した。

「なんてひどい男なの」ジェニーが叫んだ。「かわいそうなリジー。あの子は、あんたがぜんぶ自分のためにしてくれたと思ってたのよ。ああ、ご主人さまはなんて言うかしら？」

「何も言わないさ。わたしたちで、たとえひと晩じゅうかかっても、あの犬とリジーを見つけ出すんだ」レインバードは言った。「ミドルトン夫人、きみはデイヴと残って、わたしたちが出かけているあいだ留守番をしていてくれ」

捜索者たちが地下から出てきたちょうどそのとき、立派な二頭立て二輪馬車がガラガラとやってきて屋敷の前に停まった。ハンティンドン侯爵が飛び降りてリジーに手を貸して降ろすあいだ、一同はぽかんと口をあけて立ち尽くしていた。次に、侯爵は馬車の床からビューティーを抱き上げた。そのとき、全員がはっとして振り返り、ハリエット・メトカーフが石段に立っているのを目にした。

最近ではめずらしいできごとではなかったが、芝居の最中に暴動が起こったのだった。劇場の支配人たちが座席の料金を上げたので、人々がふたたび夜ごとに復讐し始めた。ヴィア卿が劇場にいて、みごとな手腕で女性たちを暴動から救い出し、家に送り届けた。ヴィア卿が立ち去ると、セーラとアナベルは早めに休むと言って寝室に引き上げ、ハリエットは表の居間に座って本を読んでいた。そして、侯爵の馬車が到着した音を聞いたのだった。

今ハリエットは、どんなにうまく髪型を整えても必ず結び目からほつれてしまう金色の後《おく》れ毛を夕方のそよ風になびかせて立ち、侯爵とその腕のなかに横たわるビューティーを見ていた。

ビューティーが死んでしまった、とハリエットは思った。しかし、呆然としながらもすぐに、使用人たちの前で雑種犬の死をめぐって泣きわめいてはならないと気づいた。自分の声の冷静さに驚きながら、ハリエットは言った。「その子は死んだの？」

「死ぬほど酔っぱらっているのさ」

ハリエットは駆けていって、ビューティーの片方のまぶたをこじあけた。かすかにいびきをかき、侯爵の腕のなかで身動きする。「ああ、よかった」ハリエットは小声でつぶやいた。それから、リジーを見た。

「何があったのか話してくれる？」ハリエットは言った。

侯爵がリジーに向かってうなずき、自分で説明するように合図した。リジーがちらりとジョゼフを見ると、ジョゼフは懇願するようなまなざしを向けた。

「ビューティーが逃げ出したんです、お嬢さま。ジョゼフがいっしょに来てくれるまで待ってなくちゃいけなかったんですけど、あたしひとりで追いかけていって、やっとヴォクソールガーデンズで見つけました。侯爵さまがご親切に、ここまでお送りくださいました」

ハリエットは、通り沿いの窓からのぞく人々の顔に気づいた。

「本当にありがとうございます、侯爵」ハリエットは言った。「お飲み物はいかがですか？」

侯爵の理性は、断るように勧めた。感情は、応じろと叫んだ。感情が勝った。

「ありがとう」ハンティンドンは言った。「使用人の誰かに、馬の世話を頼めるかな？」

ハリエットのあとについて、ビューティーを抱えたまま屋敷に入る。

「この犬をどこかに降ろしてもいいですか、お嬢さん?」ハンティンドンは哀れっぽく尋ねた。「あの小さなメイドが、どうやってこの犬を持ち上げるつもりだったのかさえわからないな。恐ろしく重いよ」

「もちろんですわ」ハリエットが答えた。「暖炉の前に下ろしてください。お座りになって、侯爵。どうしてかわいそうなビューティーが酔いつぶれることになったのか、話してください」

侯爵がビューティーを絨毯の上に寝かせてから、ハリエットの向かいの椅子に腰かけた。ハリエットはかすかに頬を赤らめ、目を合わせようとしなかった。侯爵を招き入れたことをすでに後悔していた。劇場で暴動が起こるまでは、彼に対する肉体的な切望を乗り越えたと思っていたのに……。その気持ちは絶えずつきまとい、やがては、ロンドンが自分の心を肉欲に向けさせ、ふしだらな女に変えつつあるに違いないという惨めな思いにとらわれるようになっていた。

「ぼくはヴォクソールにいたんだ」侯爵が言った。「夕食をとっていて、ふとあたりを見回すときみの犬がいて、テーブルに着き、前足でナイフとフォークを握って薄切りハムを平らげていたのさ」

「本当は何があったんです?」ハリエットはきいた。「ありがとう、レインバード。そこにトレーを置いてちょうだい。自分たちで注ぐわ」

「ひと皿のハムを勝手に食べたんですよ、メトカーフ嬢。それからリジーが駆けてきて、気絶しそうになり、そのあいだにビューティーはパンチボウルに鼻を突っこんで、酔いつぶれていたんだ」

ハリエットは侯爵のグラスにワインを注いでから、自分のグラスにも注いだ。

「かわいそうなわたしのビューティー」ハリエットは言った。「あの子は、あまりよくしつけられた犬ではないんです」

ハンティンドンは、しつけが足りないどころではないと考えたが、礼儀上何も言わずに、ハリエットの姿を眺めた。炉棚に置かれた燭台《しょくだい》のろうそくが、髪を黄金色に輝かせている。ドレスは柔らかな青の生地でつくられ、深い襟ぐりはレースのひだ飾りで縁取られていた。

「何かの形でリジーにご褒美《ほうび》をあげなくちゃ」ハリエットは言った。「ひとりでビューティーを捜しにいったなんて、勇敢な子ね」

「きみが思っているより、もっと勇敢かもしれませんよ。ヴォクソールガーデンズは、若い女性が付添いなしで入る場所ではない。想像してごらんなさい。心配のあまり取り乱しながら、暗闇のなか捜し回っていたんだ。じつに思いやりのある子だよ」

「それなら、お金を……」ハリエットは言いかけた。

「お金がすべてに対する答えではないよ」ハンティンドンは言った。「きみがお金をあげれば、あの子は間違いなくほかの使用人たちと分けるだろう。地下にいるのは結束の固い集団だ。いっしょにいるところをひと目見ただけで、彼らがなんらかの民主的な一族のようなものをつくっているのがわかる。ぼくは戻ってきたとき、リジーの目上の者たちというより、家族を見たような気がしたよ」

「子どもを、流し場の床に敷いた湿っぽいマットレスで寝かせていても、家族といえるのかしら」ハリエットは言った。

「彼らはつらい生活を送っているに違いない」侯爵は考えこむように言った。「高貴な一家に仕えて一年じゅう雇われているのではなく、各シーズンだけ使用人として働いているようだ。シーズンが終わったあとは、あまり賃金をもらっていないんだろう。リジーの寝室に無頓着だったのも、そのせいかもしれない。ぼくたちのように食べ物に困らない者たちだけが、哀れみの気持ちを持つぜいたくができるんだ。宿なしや……犬に」

「わたしはお金を持っていないわ」ハリエットは弁解するように言い返した。「でもビューティーは、いっときわたしの唯一の友だちで、あの子と食べ物を分け合えるのがうれしかったのよ」

「小さなリジーの話に戻ろう。リジーのような子には、お金より教育が価値を持つ。

ちょっとした訓練と学習で、ハウスメイドに、そしていずれは侍女になるという望みが持てるかもしれない」

「それはとてもいい考えね」ハリエットは熱をこめて言った。「わたしがあの子に教えるわ」

ハンティンドンは、突然ハリエットに微笑みかけた。リジーの幸福についてまじめに考える様子が気に入り、ドレスのひだ飾りと声の柔らかな心地よさも気に入った。

ハリエットは、どこかの悪魔にそそのかされて言った。「ヴォクソールでお連れのかたは、わたしの犬のひどいお行儀に、それほどお怒りにならなかったでしょうね？」

「いや」侯爵が儀礼的な無表情になって答えた。「彼女は怒っていたよ」

もちろん、侯爵がヴォクソールにひとりで行くわけがないと、わかっていたはずだった。しかしハリエットは、同伴者が紳士の友人であってほしいと思っていた。ただセーラの幸せを願ってのことだけれど、と自分にきびしく言い聞かせる。

しかしハリエットは暗い表情をよぎらせ、すばやくワインを飲み干して、わざとらしく時計を見た。

侯爵がグラスを置いて立ち上がった。ハリエットも立ち上がり、帰ってもらいたいという気持ちをはっきり示すためにお辞儀をした。

侯爵がハリエットの手を唇のほうに持ち上げ、微笑みながら目を合わせた。

ハリエットはさっと手を引いて、スカートのひだのなかに隠した。

侯爵が、その侮辱に顔を紅潮させた。

「あなたはとても……戯《たわむ》れの作法に慣れていらっしゃいますわ」ハリエットは言った。

「わたしはそうではないの」

「ええ」侯爵が同意した。「礼儀作法に慣れようともしないあなたを、誰も責められませんよ。おやすみなさい」

ハリエットは悲しい気持ちで侯爵を見送ってから、馬車の車輪のガラガラという音が夜のなかへ消えていくまで耳を傾けていた。ヴィア卿の前では、こんなひどいふるまいに駆り立てられたりしないのに。ビューティーのそばの床に座りこみ、毛むくじゃらの粗い毛皮を撫でる。「わたしはどうしてしまったのかしら、ビューティー？」ハリエットは問いかけた。

しかしビューティーは、酔っぱらいのいびきで答えただけだった。

知ってるかい、カーター、あたしが自分の名前を、テーブルに積もったほこりに書けるってことを？

そりゃあ、おかみさん、おれより上を行ってるね。確かに、教育よりいいもんはないってことだ。


——《パンチ》

7

翌日レインバードは、リジーがメトカーフ嬢に読み書きを習うことになったという知らせを持って、使用人部屋に下りていった。メトカーフ嬢は、あしたから毎朝十時半に、三十分間リジーを教えるつもりだという。

「リジーは、それだけのことをしたものね」アリスがいつものゆっくりした口調で言った。「あたしは、勉強って、あんまり得意じゃないけど。あたしはね」

「おいらもさ」デイヴが言った。「けど、なんでリジーが？」

「勇敢な子だからよ、わかるでしょ」ジェニーが言って、悪意のある目でジョゼフをにらんだ。「ねえ、リジー。いつか宿屋を始められたら、あんたは貴婦人みたいにそこに座って、帳簿をつけられるわね」

「わたしが教えてもよかったんだがな」料理人のアンガス・マグレガーがうなり声で言った。

「ふん、リジーはあんたからじゃ、ろくに学べやしないだろうさ」ジョゼフが言った。

「リジーが言うとおりにやらなかったら、どなったり、焼き串でたたいたりするに決まってる」

「わたしたちスコットランド人は、おまえたちイングランド人とは違うんだ」料理人が言った。「読み書きのできない子どもは、国じゅう探してもめったにいないからな」

「身のほどを忘れないようにね、リジー」ミドルトン夫人が言った。

「それで、習ったことを、あたしたちにも教えてちょうだい」アリスが言った。「冬になったら、ここを学校にしましょ」

勉強への熱意が高まり、レインバードは全員のために中古の初等読本を買うと約束した。

ジョゼフだけは、体にも心にもずきずきする痛みを抱えて、少し離れたところに座っていた。昨夜はレインバードに鞭で打たれたが、いちばんつらいのはリジーのこれまでにない態度だった。

ジョゼフは、小さなスカラリーメイドの献身をどれほど当たり前と思うようになっていたかに気づいていなかった。今やリジーは、ほとんどこちらを見ようともしない。

上階では、ハリエットがセーラとアナベルとともに朝食をとりながら、昨夜のできごとを注意深く編集して伝えていた。用心のため、侯爵をもてなしたことは言わなかった。かわいいセーラはわかってくれるに違いないとは思ったが、それでも、侯爵と過ごす機会を逃したことにがっかりするかもしれない。

ヴィア卿がふたりいたらよかったのに、とハリエットは胸につぶやいた。

一日の残りの時間は、楽しく過ぎていった。ヴィア卿が訪ねてきて、セーラとアナベルとたっぷり三十分おしゃべりした。それから、ヴィア卿がボックス席を確保しておいてくれたオペラに出かけた。ハンティンドン侯爵の姿はどこにもなかった。

ハリエットは翌週にかけて、双子を舞踏会や夜会やパーティーに連れていった。いよいよシーズンが始まり、あわただしくなってきた。侯爵はどの行事にも顔を出さなかった。セーラは不機嫌な様子を見せ始め、何かハンサムな侯爵を怒らせるようなことを言わなかったかと、やんわりだが繰り返しハリエットに尋ねた。

ハリエットが、じつはハンティンドン侯爵にとても無作法なことをしてしまったとセーラに打ち明けるべきだろうかと考え始めたとき、ヴィア卿がほっとする知らせを持ってきてくれた。

ハンティンドン侯爵が、馬車で出かけましょうと申し出たそうだ。侯爵はしばらく田舎の領地に滞在していて、帰ってくるとすぐにヘイナー嬢たちとの外出を提案してヴィア卿を驚かせた。

ヴィア卿は、今ではどうにもならないほどハリエットに恋をしていて、求婚する決心を固めていた。しかし、友人にはわずかでも感づかれたくなかった。出し抜かれるかもしれないと恐れたからだ。

招待を受けたハリエットは、自分がいっしょに行くことに不安を感じ始めた。きっと、おかしな気持ちに駆られて侯爵を苛立たせ、怒らせて、セーラの希望を打ち砕いてしまうに違いない。どうしようかと考えているちょうどそのとき、ジョゼフィン・スペンサー嬢が六七番地に到着した。ハリエットはジョゼフィンに会えてとてもうれしかった。スペンサー嬢は、リンカンズインフィールズに住む年配の親戚の家に滞在するため、街を訪れたということだった。ハリエットは座って、ロンドンに来てからこれまでに起こったあらゆるできごとを友人に語った。

スペンサー嬢は、黙って終わりまで聞いてから言った。「そのヴィア卿とハンティンドン卿が、双子ではなくて、あなたに関心を持ってる可能性は本当にないの？」

「ええ、もちろんないわ」ハリエットは答えた。「わたしには結婚持参金がないもの。それに、まだ話していないことがあるのよ、ジョゼフィン。わたし、ハンティンドン侯爵にすごくひどいことを言って、心底うんざりさせてしまったの。だから、あしたの外出の目的がわたしでないことは、はっきりしているでしょう。でも、また何か間違ったことを言ってしまうかもしれないと不安なの――そうなったらセーラは絶対に許してくれないわ。あの子は侯爵に夢中だから。というより」ハリエットは不意に率直になって言った。「どんな女性でも夢中になるでしょうね。びっくりするほどハンサムだし、それに……それに笑顔がすてきなの。でも、放蕩者なのよ」

「男はみんなそうじゃない」スペンサー嬢が皮肉っぽく言った。

「あした、どなたかわたしの代わりに付添ってくれる人がいないかしら」

「わたしが行きましょう」スペンサー嬢がすぐさま言った。「紳士たちが追いかけてるのはあなたじゃないというのが確かならね」

「もちろん違うわ！」

「驚いたような声を出さないでちょうだい。ただわたしが思ったのは……まあ、気にしないで。どんな言い訳をすればいいかしらね？」

けれども、ハリエットが答える前に、レインバードが明らかに女主人に話がある様子で入ってきた。しかしスペンサー嬢を見て、はたと立ち止まった。なぜなら、スペンサー嬢を招き入れたジョゼフは彼女をどうでもいい地味なおばさんと考えて、その到着を執事に伝えなかったからだ。

「なあに、レインバード？」ハリエットは尋ねた。

「個人的なご相談です、お嬢さま」レインバードが答えた。

「よかったら、今話してくれてかまわないのよ」ハリエットは言った。「スペンサーさんは昔からのお友だちで、わたしのことはなんでも知っているんだから」

レインバードは深く息を吸って、話し始めた。先ほどハリエットからリッチモンドへの外出の計画について聞かされ、あしたはお世話が必要ないだろうと考えたので、一日休暇をもらってブライトンへ〝古くからの友人〟に会いに行きたい、という内容だった。

執事の心は、フランス人の侍女フェリースを求め続けていた。自由になれるシーズンの終わりまで待つよう自分に言い聞かせたが、フェリースがどこかの中流階級の市民との結婚を考えているかもしれないと思うと気が気でなかった。

メトカーフ嬢があまりにも長いあいだじっと自分を見ているので、レインバードは怒らせたのではないかと不安になってきた。ところがハリエットは、こう言って執事を驚かせた。「ブライトンね。わたし、まだ海を見たことがないの。それに、小さなリジーの具合が心配でもあるし。もしかすると、わたしたちみんなが、新鮮な空気を必要としているんじゃないかしら。大きな旅行用馬車を借りてちょうだい、レインバード。みんなで行きましょうよ」

レインバードは顔の表情をしっかり動かさずにいようと努めたが、その喜劇役者のような顔は喜びに輝いていた。

「ありがとうございます、お嬢さま」執事は言った。「ほかの者たちにも知らせます。厨房助手のデイヴがいますので、屋敷の留守番をさせます」

「それはデイヴに対して公平じゃないと思うわ」ハリエットが言った。「しっかりすべての鎧戸《よろいど》を閉めて、扉には鍵とかんぬきを掛けましょう」

レインバードが立ち去ると、スペンサー嬢が考えこむように言った。「すごく魅力的な男ね、あなたの執事は」

「レインバードが？」

「そう、レインバードよ。知的な顔といい体をしてるし、脚も本物ね。偽のふくらはぎは着けてなかった」

「ハンティンドン侯爵に会うまで待ったほうがいいわ」ハリエットが笑った。「ヴィリアーズ男爵夫人という、とてもいかめしい年配の未亡人が、にこりともしないで、ハンティンドンの脚は〝ヨーロッパじゅうのうわさ〟だって言ったのよ」

スペンサー嬢は微笑みながらも、忙しく頭を働かせた。ハリエットがその侯爵に恋をしているのではないかと考えていたのだ。

セーラとアナベルは新たな取り決めに大喜びした。ふたりとも、ハリエットはそばに置くにはきれいすぎると感じ始めていた。スペンサー嬢のような中年女性が付添い人なら、自分たちの魅力から紳士の気をそらすことはないはずだ。

ふたりはひそかに、ハリエットが使用人の一群を引き連れてブライトンへ出かけるという考えをばかにして笑っていた。「それと、忘れないで」セーラが笑いすぎてにじんだ涙をぬぐって言った。「ハリエットはあのみすぼらしくて臭《くさ》い犬も連れていくわよ。ブライトン街道で見つけた何もかもに嚙みついて回るんでしょうね」

「ねえ、セーラ、気づいたかしら」アナベルが言った。「ハリエットは舞踏会やパーティーでちゃんと壁にもたれて座ってるのに、すごく紳士たちの興味を惹いてるみたいだってこと」

「そりゃそうよ、ばかねえ」セーラが言った。「そうでなきゃ、紳士たちはどうやってわたしたちに紹介してもらうの?」

地階の使用人部屋では、興奮が最高潮に達していた。心を動かされていないのはエミリーだけだった。侍女は、最近ますます使用人部屋から遠ざかるようになった。本人は、若い女主人たちが日に少なくとも六回はドレスを着替えるので、いつもおそばにいるのだと言っていたが、ジェニーによると、隣家でハウスメイドとして働くメアリーは、エミリーがシェパードマーケットを歩きながら上流階級の貴婦人と話しているのを見たという。エミリーは、行きたくないと言って使用人たちを驚かせた。ヘイナー嬢たちは午前十時まで出かけないけれど、メトカーフ嬢と使用人たちは夜明けに出発する予定だ。令嬢たちの外出のしたくを手伝わなければならないし、誰かが残って屋敷の留守番をするべきだから、とエミリーはしかつめらしく言い添えた。リジーは幸せすぎて死ぬのではないかと思った。エミリーが加わらないということは、純粋に楽しい一日が保証されたということだ。ハリエット、セーラとアナベルが寝たずっとあとになっても、使用人たちは眠らずに、いちばん上等な服にブラシをかけたり、靴を磨いたりしていた。レインバードは街でいちばん貸し馬車屋でみごとな旅行用馬車を借りた。メトカーフ嬢がその費用に目を丸くしなければいいのだが。

みんなが、さまざまなやりかたで晴れを祈った。リジーは海を見ることを想像して興奮のあまり気を失いそうになったので、横になるよう命じられた。新しいベッドに寝そべったが、いつもと違ってその心地よさをほとんど楽しめなかった。何か恐ろしいことが起こって、出発できなくなるのではないかと不安だったからだ。

しかし、くっきりと美しい夜明けがやってきて、太陽が顔を出すと同時に彼らはどやどやと馬車に乗りこんだ。ビューティーでさえ興奮しているようだった。ヴォクソールでの暴飲暴食からは回復していて、女主人がそばにいれば、おとなしく従順な犬に見えた。

厨房の外階段の上をこそこそ歩いているムーチャーを見つけたとき、ビューティーはそちらへ走り出そうとしたが、ハリエットのきびしい言葉に怖《お》じ気《け》づいてやめた。それでも、頭の片隅にぼんやりと、ふたつの事実が刻まれた――猫と厨房。

ルークはむっつりと、六五番地の扉の真鍮《しんちゅう》飾りを磨いていた。どうしてジョゼフはいつも、自分が働いてるのは不運な屋敷だとか言ってるんだ？　六七番地では、おもしろいことが次々に起こってるみたいじゃないか。ほかに、ご主人さまに日帰り旅行に連れていってもらえる者がどこにいる？　それに、なんて乗り物だろう！　時速二十五キロを出す四頭の馬が引く、すばらしい馬車だ。

ルークは陰気な顔でぞうきんを振って別れの挨拶をし、馬車が角を曲がってピカデリーに入るまで見送っていた。

ミドルトン夫人とジェニー、アリス、リジーはハリエットとなかに乗り、男性の使用人たちは屋根に乗った。

ハリエットは、レインバードから馬車と御者と馬丁の料金がいくらかかるかを聞かされたとき、驚きを隠すのにひどく苦労したが、うまく狼狽《ろうばい》をごまかした。いつもほかの人のお金を使っているというのは、気がとがめるものだ。少し考えてから、自分のささやかな収入はできるかぎり節約したかったけれども、それを使って外出の費用をまかなうことに決めた。ハリエットはリジーに、授業を延期したことを謝り、あしたの朝から始めると約束してから、身を落ち着けて馬車の旅を楽しんだ。

ミドルトン夫人はハリエットに、新聞が言っているのは本当のことで、皇太子はブライトンに海辺の離宮を再建してインド風の塔を加えるご計画なのでしょうか、と尋ねた。

ハリエットは、ほかの付添い人たちから聞いたうわさによると、今のところ皇太子は中国風装飾様式《シノワズリー》を好んでいるようだけれど、耳にした話では、王室厩舎《きゅうしゃ》と乗馬場は前の年に完成していて、すばらしく豪華らしいわ、と答えた。厩舎は二十五メートルの丸屋根に覆われ、内部に大きな円を描いて並ぶ馬房には四十四頭の馬を収容でき、馬房の上には馬具収納室と馬丁の部屋がある。フロアの中央には、馬に水をやるための噴水が備えられている。人々が言うには、新しい建物はインド・イスラム風なので、皇太子の趣味は本当に、中国から離れつつあるのかもしれなかった。

ジェニーは上流の人たちと気楽に話すことに慣れていなかったが、恥ずかしそうに、どうやら皇太子が摂政をお務めになるのは確からしいですね、と言った。ハリエットは同意して、さらにうわさ話を伝えた。

リジーは座って、うっとり聴き入っていた。メトカーフ嬢がくつろいだ気取らない態度で使用人たちに接してくれたので、みんなは徐々に緊張をゆるめたが、限度を超えたりなれなれしさを見せたりしないように気をつけていた。

すべてがわくわくするような経験だった。彼らはブライトン街道を疾走し、粋《いき》な馬交換所で馬を替え、軽食をとった。レインバードだけが、これまでに馬丁たちと領主たちを手際よく扱ってきた経験から、メトカーフ嬢の寛大なもてなしに疑問を覚え始めた。ジョゼフとデイヴは、若い紳士として扱われることに有頂天になって、どちらももったいぶった偉そうな顔をし出した——ジョゼフの場合はめずらしくないが、デイヴのほうは心配だった。

ぜいたくが不満を育てることを、レインバードはよく知っていた。使用人たちは全員、かつての借り手の結婚式に招待されたことがあった。彼らは田舎屋敷の使用人部屋に泊まり、働くことを求められはしなかったが、やはり使用人として見られた。

しかし、晴れた春の日にブライトンへと馬車を駆り、路上の最高級の馬交換所で給仕されるというのは、デイヴのような若者にとってめまいがするような経験だ。レインバードは、気むずかしいアンガスがそういうことに無関心らしいのと、女性の使用人たちが上品にふるまっていることにほっとするばかりだった。

行く手に海が見えてくると、レインバードは御者に停まるよう命じた。女性たちがなかから降りてきた。

リジーは両手を組み合わせて立ち、光り輝く広々とした青い海を眺め、あまりにも高揚し、あまりにも感激したので、ちょっぴりうれし泣きをしてしまった。ハリエットも、目に涙がこみ上げるのを感じた。

なんてすばらしいんでしょう、とハリエットは考えた。この不思議なほど親しみやすい使用人たちといっしょに少しのあいだ逃げ出して、セーラとアナベルの心配ごとをスペンサー嬢の頼もしい両手に預け、心をかき乱し惑わせるハンティンドン侯爵を一日だけでも忘れられるのは。

ブライトンに着くと、ハリエットは手荷物を持ってレインバードを呼び、どこかのきちんとした宿屋の休憩室を予約して、四時に全員でディナーをとれるようにしてほしいと頼んだ。ハリエットは田舎の習慣に従って早い時間にディナーをとるほうが好きで、七時ごろの遅い時間に食事の席に着くロンドンの新しい流儀になかなか慣れられなかった。

レインバードは〈帆船亭〉を選んだ。執事が馬車と馬を厩に入れる手配を整えてから、全員がハリエットのそばに集まった。

「レインバードさんには訪ねたい人がいるんですって。ほかのみんなは何をしたい？」ハリエットはきいた。

使用人たちがレインバードに目を向け、気まずい沈黙が流れると、執事は視線をそらした。

外出の大きな興奮のなかで、彼らはフェリースの存在を忘れていた。哀れなレインバードの心を盗んでいった油断ならない外国人を。ミドルトン夫人はうつむいて、目に表れたつらい気持ちを隠した。胸のなかにひそかに、いつか使用人の身分から解放されたら――使用人は結婚を許されていないので――レインバードが求婚してくれるかもしれないという希望をいだいていた。

「貝殻でつくったいろんなすばらしいものを売ってる店の話を聞いたんだ」アンガス・マグレガーが、沈黙を破って言った。

「リジーは、ぼくといっしょに行くよ」ジョゼフが言った。従僕が、自分の恩着せがましい態度を賞賛に値すると考えているのは一目瞭然だった。リジーははっきりと不愉快そうな顔をした。

ジェニーとアリスは、海岸をぶらぶらしてすてきな男性を探そうとはりきっていた。デイヴは浜辺で遊びたがった。ミドルトン夫人は静かに、メトカーフ嬢のそばにいると言った。

「あたし、マグレガーさんといっしょに行って、その貝殻を見たいと思います」リジーは甲高いかすれ声で言った。

「おお、いいとも、いっしょに行こうじゃないか」料理人が言って、ジョゼフのほうに悪意あるまなざしを投げた。

ジョゼフはくるりと向きを変えて、何も言わずに大げさな足取りで立ち去った。

全員が、四時に宿屋にもう一度集まることで合意した。ハリエットはミドルトン夫人と出かけ、ビューティーは興奮して革ひもを引っぱった。

レインバードはひとりで出発した。角を曲がって、フェリースが住んでいるランストン通りに入るまでには、心臓が激しく高鳴っていた。先に手紙を書く時間があればよかったのだが。

フェリース・ローランは、一一番地にピーターズ未亡人とともに住んでいる。小さな別荘で、道の両側に並ぶほかの別荘と見分けがつかないほどよく似ていた。低い門の上に手を置いて、立ち止まる。

ささやかな庭の小道のわきに植わったライラックの木が花盛りで、その甘い香りが潮の香りと混じり合っていた。

立っていたのはほんの短いあいだだったが、レインバードには永遠にも感じられた。ようやく勇気を振り絞って、小道を進み、ノッカーをこつこつと鳴らした。

長い沈黙があったあと、誰かが扉のほうへ向かってくる音がした。

扉があいた。見覚えのあるピーターズ夫人がそこに立ち、太陽の光に目をしばたたきながらレインバードを見た。前回会ったときと同じく、ふくよかな中年女性だった。

「フェリースは」レインバードは言った。「フェリースに会いに来たんです」

「もうここには住んでいないんですよ」ピーターズ夫人が言った。「マリンさんと結婚して、向こう側の、ビショップロウに住んでいるの」

レインバードはその場に立ちすくんでいた。陽射しのせいで乾燥して膨れ、はげかけた扉のペンキを見た。半分あいた扉のわきに花壇があり、薔薇の葉の上に芋虫《いもむし》がいるのを見た。頬に暖かい風が吹きつけるのを感じた。

「ありがとうございます」レインバードは言った。

「ファイヴ・ビショップロウです。五番地よ」ピーターズ夫人が、遠ざかっていく執事の背中に呼びかけた。

レインバードはできるだけすばやく歩み去った。

さて、ブライトンのどこに、傷心の執事が思いきり泣ける静かな場所があるだろう？ レインバードは胸につぶやいた。


はるか遠くのリッチモンドにある〈スター・アンド・ガーター・ホテル〉では、ふたりの男性が精いっぱい礼儀正しく魅力的にふるまっていた。どちらも、ハリエット・メトカーフがいないことを知ってもまばたきひとつせず、驚きや落胆はまったく見せなかった。スペンサー嬢は、その日をあとから思い起こすことになる。当時は、どこが間違っているのかよくわからなかった。誰も彼も、完璧にふるまっていた。ヘイナーの双子は愚かな小娘たちだが、スペンサー嬢が知っているほかのデビューしたての女性たちと変わりはない。紳士たちは楽しく魅力的だった。しかし目に見えないところでは、感情が逆方向へ流れていた。スペンサー嬢は、ハンティンドン侯爵が微笑みを湛えた目と愛想のよい態度の裏でひどく怒っているような気がして、落ち着かなかった。しかし、それは自分の脾臓が不調なせいだろうと考えた。セーラにもアナベルにも大きな持参金があるし、社交界の男性たちはふつう、家柄と財産にもとづいて妻とする女性を受け入れるものだ。だからスペンサー嬢は、侯爵の目もヴィア卿の目も愛に輝いてはいないことに気づいても、驚かなかった。

ただ、セーラとアナベルは〝親愛なるハリエット〟が使用人の一群との日帰り旅行を選んだことについて冗談を言いすぎているようだった。一日が過ぎていくにつれて、ふたりはその冗談をどんどん大げさにしていった。

しかしもしかすると、わたしは考えすぎているのかもしれない、とジョゼフィン・スペンサーは思った。紳士たちは令嬢たちのあらゆる軽口に楽しそうに笑っていたし、何も不適切だとは考えていないようだった。

スペンサー嬢はハンティンドン侯爵の見目麗しさに感銘を受け、かわいそうなハリエットがこういう逸材を惹きつけるだけの持参金を持っていないことについて考えこまずにはいられなかった。スペンサー嬢の少しひねくれた心には、真実の恋に落ちる男性もいるかもしれないという考えは浮かびもしなかった。ナポレオンとの戦争は延々と続き、物価は空前の高さに達し、どんな高潔な人でもみんな、お金の価値をひしひしと感じていた。

すばらしい天気で、食べ物はおいしく、スペンサー嬢はふたりの紳士がそれぞれの想像のなかで、戯れとロマンスにぴったりの日だと考えていたことなど知る由もなかった。足りないのは貴婦人だけだった。
ヴィア卿は、できるだけ早くハリエットに求婚しようと決めた。すでに、生まれてからずっと彼女を待っていたような気がしていたからだ。ハンティンドンは、メトカーフ嬢がみずからの肉体的な強い魅力に抜け目なく気づいていて、侯爵を苦しめるためにわざと距離を置いたのだろうかと考えていた。驚いたことに、ハンティンドンは苦しんでいた。セーラに微笑みかけながら、そのあいだじゅうハリエットの首を絞める場面と、唇にキスする場面を交互に思い描いていた。

クラージズ通り六七番地の使用人の小さな一団が、自分たちの執事にこれほど夢中になったことは今までなかった。こんなに愉快なレインバードさんを見るのは初めてだ、とみんなが同意した。レインバードはオレンジでジャグリングをしたり、デイヴの耳から固ゆで卵を取り出したり、上着の裾から出現させた薔薇の花束をメトカーフ嬢に捧《ささ》げたりした。小さな休憩室の空間で、側転や逆立ちもした。ハリエットは笑って手をたたき、レインバードが若いころ一時期お祭りの軽業師をしていたことを知らなかったので、執事の才能に驚いた。それに、この変わった執事のおどけたしぐさのおかげで、使用人たちがディナーのために集まったときなんとなく漂っていた機嫌の悪さが追い散らされたことにほっとしていた。

デイヴはあざや擦《す》り傷だらけに見えた。厨房助手でなく一日だけの客人となることの興奮に酔いしれたデイヴは、海辺の離宮の給仕三人に向かって偉そうな態度を取り、上位者ぶろうとした。三人は痩せこけた小さなロンドンっ子を驚きの目で見たあと、デイヴに飛びかかり、皇太子の海辺の離宮にいる給仕の重要性をしっかりわからせた。

ジョゼフは、リジーに肘鉄砲を食わされたことで自尊心を傷つけられていた。ひとりきりで散歩に出かけたが、リジーがとなりを早足で歩いて一言一句に耳を傾けてくれないと、まったく張り合いがなかった。

ジェニーとアリスはふたりのすてきな若者と楽しい時間を過ごしたが、それは自分たちが使用人で、恋人を持ったり結婚したりする自由がないことを思い出させただけだった。不満が生まれ、いつもは穏やかで明るいアリスにまで影響を与えた。

ミドルトン夫人とハリエットは、少しうろたえた様子で戻ってきた。ビューティーは初めは名前どおり美しくふるまっていたが、リボンを着けて得意気に歩くプードルを見ると、やっつけてやろうという気になった。プードルの飼い主はレディ・パーソンズという人で、瞬《また》く間に発作を起こした。この騒ぎにおおぜいの人が集まってきたので、ハリエットはビューティーの首輪をつかんで引きずり、こそこそと逃げ出しながら、レディ・パーソンズの介抱はお付の使用人の一群に任せてだいじょうぶだろうと考えて、どうにか自分を慰めた。

料理人とスカラリーメイドだけが、楽しい午後を過ごした。

そんなとき、レインバードが曲芸を見せ始めた。小さな使用人の集団が、執事のみごとなわざをいっしょに楽しみいっしょに称《たた》えることでまたひとつにまとまるのを見て、ハリエットは微笑んだ。次にジョゼフが馬車からマンドリンを取ってきて、食事の締めくくりに感傷的なバラッドを弾いた。

帰路の旅は、くつろいだ楽しいものになった。疲れてはいたが、にこやかな小集団が、ようやくクラージズ通り六七番地に降り立った。

セーラとアナベルはすでに寝室にこもっていた。ハリエットは、まだふたりが起きていたらリッチモンドでどう過ごしたのかきけるかもしれないと思い、上階へ行こうとした。そのとき、玄関広間のテーブルに置かれた銀の盆に、二通の手紙がのっているのが見えた。レインバードにお茶を運ぶように頼み、表の居間より雑然としていて居心地のいい奥の居間に退いて、手紙をあけた。内容を読むにつれて、心臓が高鳴った。

ヴィア卿は、求婚の許可を求めたいので明朝午前十一時に訪問すると書いていた。

もう一通は、ハンティンドン侯爵からだった。侯爵は、自分の将来に関する重要な問題について話し合いたいので、あした午後二時に訪問すると書いていた。そして軽い調子で、自分もいい歳だからそろそろ身を落ち着ける時だ、とつけ加えていた。ハリエットの胸に誇らしさがこみ上げてきた。セーラとアナベルは、まだシーズンが始まったばかりだというのに、どちらもすばらしく立派な紳士と婚約することになったのだ。

ハリエットは階段を駆け上がってセーラの部屋の扉をたたき、なかに入った。双子は暖炉の前に座っていた。ハリエットは二通の手紙を見せて、熱烈にふたりを抱き締めた。それから、セーラのほうを振り返った。

「かわいいセーラ」ハリエットは言った。「ハンティンドン侯爵のような人の求婚を受けてもかまわないという考えは確かなのね？　あなたはとても若いし、侯爵の評判は――」

「ふん！」セーラが笑った。「結婚市場でいちばんの美男子をはねつけるっていうの？　ばかなことを言わないでちょうだい、ハリエット」

「ええ……そうよね……あなたがそう思うなら」ハリエットは言った。「あなたを先に起こすわね、アナベル。部屋で待っていてちょうだい。わたしがヴィア卿に許可を与えてから、あなたを呼びにやるわ」

セーラとアナベルはハリエットに腕を回して、有能な付添い人と呼び、どちらの紳士もリッチモンドで結婚の意志を示していたから、それほど驚いてはいないと言った。

どちらの紳士もそんなことはしなかったのだが、双子は行き過ぎた虚栄心の持ち主だったので、口にされていない褒め言葉や申し出を聞いた気になっていた。

ハリエットが階下に戻ると、レインバードがお茶のトレーをテーブルに置いているところだった。「すばらしい知らせよ」ハリエットは叫んだ。「ヴィア卿があしたの朝、アナベルに求婚する許可を求めに訪ねてくるの。午後にはハンティンドン卿が、セーラに求婚するつもりで訪ねてくるわ」

「おめでとうございます」レインバードが静かに言った。「使用人を代表しまして、ブライトンでのすばらしい一日のこと、お礼を申し上げます、お嬢さま」

「楽しかったわ」ハリエットは上の空で言った。頭のなかは計画でいっぱいだった。「ご友人には会えたの、レインバード？」

「いいえ、お嬢さま。彼女は結婚して、別の住まいに移ったようです。お茶をお注ぎしましょうか？」

「ええ、レインバード。マグレガーに、あの小さなキャラウェイシードケーキをつくるように頼んでちょうだい。ヴィア卿の大好物なのよ」

レインバードが、トレーの上に身をかがめてお茶を注いだ。しずくがぽたりとハリエットの手に落ちた。はっとして目を上げる。炉棚のろうそくはテーブルだけを照らし、執事の顔を影に隠していた。

「あなた……泣いているの、レインバード？」ハリエットは尋ねた。

執事はくるりと向きを変え、背中をこわばらせて扉のほうへ歩いた。

「ほかにご用はございませんか？」

「ええ、レインバード」ハリエットは悲しい気持ちで応じた。「ないわ」かわいそうなレインバード、とハリエットは胸につぶやいた。泣いていたんだわ。

ひどく気が滅入ってきたが、このときはまだ、ハンティンドン侯爵とセーラの結婚が嫌でたまらないということに自分でも気づいていなかった。胸にこみ上げる悲しみはすべて、執事を心配しているせいだと思っていた。

8

過去のことは水に流しましょう。
わたしを不実と言わないで、誠実である必要もないのに。
五十人のジョンにだって「いいえ」と答えるわ
あなたに「はい」と答えるくらいなら。

——ロセッティ

もしハリエット・メトカーフ嬢があのとき小さな親切を施さなかったなら、その日のできごとは、彼女の評判に永遠の破滅をもたらしたかもしれなかった。

待ち受ける大きな興奮にもかかわらず、ハリエットはリジーを呼んで、授業を始めた。スカラリーメイドがまったく読み書きできないわけではないと知って、ほっとした。リジーは利発な生徒だとわかり、近いうちにすらすら本を読めるようになるだろうと期待できた。

前日の外出のおかげでリジーの青白い頬は赤みを取り戻し、優しい女主人の視線をひとりじめできる興奮に、目は輝いていた。

ハリエットは、不器量なペットが小さな使用人にすっかりなついていることにも感心した。ビューティーはリジーの靴についた錫のバックルに頭をのせて、小さな目で崇めるようにメイドを見上げていた。

上階では、双子はすでに起きていて、エミリーをあちこちへ走らせ、リボンやレースを用意させていた。

「メトカーフ嬢についてのうわさ話を広めたいのかと思ってました」エミリーが、アルコールランプでカール用のこてを温めながら言った。

「今はいいわ、エミリー」セーラは言った。「あの田舎者は、わたしたちのためにとてもよくやってくれたから。あの女にこれほど同情を感じたことはないくらいよ。ハリエットは本当に、あの使用人たちとブライトンを走り回ってたっていうの？」

「きのうの夜、使用人部屋でみんなが話してました」エミリーが言って、こてとセーラのひと房の髪を手に取った。「まるで連中が自分と対等みたいにおしゃべりしたり、〈帆船亭〉で食事をおごったりしたらしいです」

「度が過ぎるわね」アナベルが言った。「聞いた、セーラ？　わたしたちのお金が、すでにひと財産蓄えてるらしい街屋敷の使用人たちに注ぎこまれてるのよ」

セーラは肩をすくめた。「ハリエットはわたしがハンティンドンを射止める役に立ってくれたんだから、わたしとしては、地階で好きなだけ楽しんでくれてもかまわないわ」

「聞いた、エミリー？」アナベルが叫んだ。「セーラがどれだけ変わったか！　間近に迫った結婚は、みごとに怒りを静めるのね」

「でも今じゃ、みんなが彼女を褒めちぎってます」エミリーが指摘した。「これじゃ、彼女を嫌わせるのがむずかしくなりそうです」

「使用人の考えを変えさせるのなんて簡単よ」セーラは言った。「自分で頭を使うってことがないんだから。でも、今のところは、後見人を大切にしましょう。そんなに強く髪をねじらないで、エミリー。どうしたっていうの？」

ハリエットはヴィア卿を迎えるために、いちばん上等な朝用ドレスを身に着けた。淡い青のモスリン製で、身ごろにはひだが入り、繊細な刺繍の襟飾りで仕上げてあった。その上に、長袖のキャンブリックのペリースをまとった。付添い人としての地位に信頼性を加えるため、上品なモスリンの縁なし帽をかぶる。これでほどよく歳を取って見えると思ったのだが、その縁なし帽がすばらしく魅惑的なことには気づかなかった。糊の利いた透き通るようなモスリンが、ブロンドの髪のてっぺんを優美に飾っていた。

暖かい日だったが、暖気はまだ建物のなかにまで広がっていなかったので、ハリエットはジョゼフに香りのよい薪で火を焚かせた。アリスは市場に使いに行き、らっぱ水仙とチューリップの花束をいくつか買ってきて、表の居間の花瓶に生けた。

十一時きっかりに、ヴィア卿がやってきた。ハリエットは立ち上がって出迎え、賞賛の目を向けた。きょうばかりはいつものバイロン風の服装は差し控え、青い燕尾服《えんびふく》を着て、巨大なクラヴァットをこれ見よがしに巻いている。

ヴィア卿は、天気についてと、リッチモンドへの小旅行にハリエットが加わらなくてどれほど落胆したかについて、そわそわと話した。

緊張した様子を気の毒に思ったハリエットは、からかうようなまなざしを向けて言った。「あなたが思いの丈をお話しになれば、ずっと気楽におしゃべりができるんじゃないかしら」

ヴィア卿の目が、荒々しい希望に輝いた。ハリエットが驚いたことに、ヴィア卿は目の前にさっとひざまずいた。

「愛のせいで勇気がくじけていたのです」ヴィア卿が言った。「あなたはぼくにとって、世界のすべてだ、メトカーフ嬢。どうか、あなたをぼくのものと呼ぶ名誉を与えてください」

ハリエットは身じろぎもせずに座り、青い目を衝撃に見開いて、ヴィア卿を見下ろしていた。

ようやく気まずそうに咳払《せきばら》いしてから言った。「ヴィア卿、おっしゃることがよく聞き取れなかったようですわ。あなたのお手紙から、アナベルへの求婚の許可を求めていらっしゃるのかと思ったのですけど」

「アナベル！」ヴィア卿が叫んで、ハリエットの小さな両手を痛いほど強く握った。「どうしたらそんなふうに考えられるんです？　ぼくが愛しているのはあなたです。頭がおかしくなるほど愛しています」

ハリエットが悲痛な顔で手を引くと、ヴィア卿はやっとのことで手を放した。ハリエットは立ち上がり、ヴィア卿もよろよろと立った。

「ヴィア卿」ハリエットは惨めな気持ちで言った。「もし、愛情が約束されたとあなたに信じさせるようなことを、知らないうちにしたり言ったりしたのなら、本当にごめんなさい。わたしはただ、ヘイナー嬢たちの付添いを務めるだけのために、ロンドンにいるんです。結婚持参金もありませんから、紳士が求婚してくださるとはとても考えられませんでした」

「しかし、結婚持参金がないことなど、関係ありません」ヴィア卿が叫んだ。「メトカーフ嬢……いとしいハリエット……どうかぼくの求婚を受け入れてください」

「できません」ハリエットは答え、せつない気持ちでヴィア卿の顔を見つめ、自分より年上なのは知っていながら、なんて若く見えるのだろうと考えた。「自分の結婚のことは考えていなかったんです」

「それでは、望みはありますか？　このシーズンが終わったら……？」

「いいえ、ヴィア卿」ハリエットは、胸につかえるものを感じながらも、きっぱりと答えた。「残念ですけど、望みはありません」

ヴィア卿がもう一度ハリエットの両手をつかんで熱烈に唇を当ててから、背を向けて部屋から走り出た。

セーラとアナベルは扉のところで耳を澄ましていたが、ぎりぎりで身を引いた。ヴィア卿はあまりにも悲嘆に暮れていたので、ふたりを見もしなかった。双子は階段を駆け上がって、アナベルの部屋に入った。

「ちょっと！」セーラが、ばたんと扉を閉めて言った。「どういうこと？」

アナベルが頬を真っ赤に染めた。「あの女がまたやってくれたわね」押し殺した声で言う。「嘘つきの、ずる賢い、あばずれ」

「いったいどうして求婚を断ったのかしら？」セーラが言った。

「あなたの侯爵を追いかけてるからよ、わかるでしょ」

しかし、セーラの虚栄心は揺らいでいなかった。「あなたはヴィア卿に見初《みそ》められたと思いこんでたんでしょう、アナベル。でもひとつだけわかってることがあるわ。ハンティンドン侯爵は、わたしに求婚するつもりよ」

「あらそう？」アナベルが、怒りと悪意に駆り立てられて言った。「二時まで待っててごらんなさい！」

「しーっ！」セーラが言った。「ハリエットが来るわ」

アナベルは本を取り、セーラは縫い物を手にした。

ハリエットがゆっくり部屋に入ってきたとき、双子は穏やかで慎ましくきちんとして見えた。

「残念でならないわ、アナベル」ハリエットは肩を落として言った。「ヴィア卿は、あなたに求婚する気はないそうなの」

「それなら、どうしてあんな手紙を書いたのかしら？」アナベルが本に視線を注いだままきいた。

「彼は——つまりヴィア卿は——よりによってわたしが、申し出を歓迎するだろうと誤解されていたの。もちろん、お断りしたわ。ああ、大切なアナベルとセーラ」ハリエットは目を涙でいっぱいにして言った。「こんなにもあなたたちの幸せを願ってきたのに！」

「まだハンティンドン侯爵がいるわ」セーラが指摘して、意地悪な目でアナベルを見た。

「ええ、そうね」ハリエットは声を明るくして言った。それから、またうなだれた。「でも、ヴィア卿はアナベルにぴったりだったのに」

アナベルはどうにか気を落ち着けて、目を上げた。「やきもきしないで、ハリエット」と言う。「シーズンはまだ始まってもいないんだから。ヴィア卿の求婚をお受けするつもりだったのは、肩書きのためだけよ。真剣な愛情はなかったわ」

「ああ、なんて優しい子」ハリエットはアナベルを抱き締めた。「どれだけわたしの気持ちが楽になったか、あなたにはわからないでしょうね。セーラ、ハンティンドン卿が許可を求めたら、すぐにレインバードを寄こすわね」

「恐ろしく感動的だこと」アナベルは、ハリエットが出ていったあと、扉を閉じてしゃくり上げた。「わたしの感じやすい心がどれほど傷ついたか、あの女に見せるのは耐えられない。絞め殺してやりたかったわ！」

「落ち着いて、アナベル。わたしがハンティンドン侯爵夫人になったら、どんなにすてきなお相手を見つけてあげられるか、それだけを考えなさいな」

ハンティンドン侯爵は、あの散々だったリッチモンドへの小旅行のあと、ハリエット・メトカーフと結婚するという重大な決心をした。ギルバートとは、そのことについても、ハリエットの不在についても話し合わなかった。侯爵は、せわしなくヴィア卿に別れを告げた。ひとりになって、ゆっくりその問題について考えたかった。

ハリエットはハンティンドンを強く惹きつけた。座ってヘイナーの双子のつまらないおしゃべりを聞いているあいだ、ほかのことやほかの人はいっさい頭に浮かばなかった。顔には笑みが貼りついてしまったかのようだった。ギルバートの心をひどく傷つけることはないだろう。双子と過ごす時間をじゅうぶんに楽しんでいたようだったし、ハリエットのことは何も尋ねなかったからだ。

求婚を断られるかもしれないとは、まったく考えもしなかった。自分の価値は知っている。裕福で、爵位を持ち、心身ともに健康だ。気の確かな女なら、はねつけるはずがない。特に、財産のない女なら。

クラージズ通りを歩くあいだ、ハンティンドンは雲が太陽を覆い隠していたことには気づかず、強まる風の冷たさを頬に感じることもなかった。ハリエット・メトカーフがどんなふうに最初は驚き、次に感謝するだろうかという夢想に浸っていた。

ヴィア卿とのことでハリエットの一日には薄暗い影が差していたので、招き入れられた侯爵を立ち上がって出迎えたのは、静かな面持ちの小さな貴婦人だった。

ハンティンドンは、心を燃え立たせる求婚の言葉を早く口にしたくて、飲み物を断った。ハリエットはとても麗しく見えた。唇は柔らかそうなピンク色だった。歳はいくつだろう。両親がかなり前に亡くなったと言っていた。おそらく二十代半ばだろうが、若くみずみずしく清らかに見えた。

ハリエットのほうは、早くセーラに求婚する許可を求めて気を楽にするよう、侯爵を励ます必要は感じなかった。ヴィア卿とは違って、少しも緊張しているようには見えなかったからだ。それより、すばらしくハンサムに見えた。クラヴァットは雪のように白く完璧に結ばれ、昼用の礼服を自信たっぷりに着こなしている。ヘシアンブーツは、黒ガラスのように輝いていた。栗色の髪に、金色の髪の房がきらりと光る。髪はとても豊かで、自然な巻き毛だった。

侯爵が突然、ハリエットに微笑みかけた——温かく優しい、人を惹きつける微笑みだった。ハリエットは頬が熱くなってくるのを感じ、侯爵がこんなに魅力的でなければいいのに、と思った。

「さて、メトカーフ嬢」天気の話題がすっかり尽きると、ハンティンドンは言った。「ぼくがどうして来たかは知っているだろう」

「はい、侯爵」ハリエットは少し驚いてその顔を見た。ハリエットが落ち着き払って言った。ハンティンドンは少し驚いてその顔を見た。ハリエットなら、もう少しそわそわしたりあわてたりするのではないかと考えていた。しかし、こちらの目をのぞく飾らない率直な大きく青い目には、緊張も当惑もまったく表れていなかった。

「受け入れてくれるのか？」

「わたしが代わりに受け入れるわけにはいきませんわ」ハリエットは微笑んだ。「でも、ええ、許可を与えます。セーラはあなたに会えて喜ぶでしょう」ハリエットは立ち上がった。

「どこへ行く？」侯爵が鋭い声できいた。

「あら、セーラ嬢を呼びに行くのよ」

「あの娘の許可が必要なのか？　付添い人はきみであって、セーラではない」

「でも、わたしは暴君ではないのよ。預かっているお嬢さんたちの結婚相手を勝手に決めはしないわ！」

「座りたまえ」侯爵がどなった。

ハリエットは青い目を驚きに見開いて、ふたたび座った。

「ぼくたちは、ちぐはぐな会話をしているようだ。はっきりとわかりやすく言おう。ぼくはきみと結婚したいんだ、メトカーフ嬢」

「まさか、そんな！」ハリエットは叫んだ。「まさか、あなたまで！」

「どういうことだ」

「先ほど、ヴィア卿がアナベルに求婚しにいらしたと思ったのに、そうではなくてわたしに求婚したのよ。そして今度はあなたも！　セーラと結婚したいのかと思っていたわ」

「どうして、つい最近まで勉強部屋にいたようなどこかの小娘と、ぼくが結婚したがらなくてはならないんだ？」

「あの子には持参金があるわ」ハリエットはむせぶように言った。

「お金はきみの思考と行動のすべてを支配しているようだな。ぼくはセーラ・ヘイナーとは結婚したくない。きみと結婚したいんだ」

「わたしはあなたと結婚したくないわ」ハリエットは怒りに駆られて言った。

「なぜだ？」

「あなたを愛していない。あなたは……怖いんだもの」

「きみの計算のなかに、愛は入っていなかったと思ったがな、欲得ずくのお嬢さん。ぼくは裕福だし――」

「お金はいらない」

「ぼくは侯爵だ」

「爵位はいらない」

「だったらいったい、何が欲しいんだ?」

「自分の結婚のことは考えていなかったの」ハリエットは言った。「ああ、でも、わたしを愛して、慈しんで、忠実でいてくれる人なら欲しいわ」

それは間違いなく、侯爵がひざまずいて永遠の愛と献身を誓うための合図だった。しかし、自尊心が、侯爵をその場にとどまらせた。自尊心が、そっけない声でこう言わせた。

「それなら、不可能を求めているということだ。かつてのぼくはそのすべてを持っていて、最初に結婚した薄情な女にそれを与えてしまった」

「結婚したことがあったとは思わなかったわ」ハリエットはささやき声で言った。

「ぼくは三十二歳だ」

「でも、あんなに戯れの恋のうわさが――」ハリエットは言いかけた。

「もういい」侯爵が言った。「きみの毒舌のことを忘れていた。自分の名前を、きみのような下品な田舎娘と結びつけようと考えるなんて、頭がどうかしていたに違いない」

「ええ、そうね」ハリエットは心から同意した。「これで、わたしがあなたにふさわしくないことがわかったんだから、また気楽におつき合いできるかもしれませんわね」

「気楽にだって！」侯爵が自分の髪をつかんで思いきり引っぱった。「メトカーフ嬢、ぼくとは出会わなかったふりをしてもらいたい」

またもや六七番地から、ふられた紳士があわただしく出ていった。またもやアナベルとセーラは、急いで上階へ戻って、怒りと頬の火照《ほて》りをなだめることになった。

「ほら！」アナベルが叫んだ。「言ったでしょ！」

「ええ、そうね」セーラは言った。「あっ、あの女が来るわ。頭痛で寝てるから、あとで会うと言っておいて」

セーラは怒りを抱えながら奥の寝室の扉に耳を当て、ささやき声を聞いていた。アナベルが戻ってきた。

「彼は本当に、あの女に求婚したのね」セーラは冷たい声で言った。

アナベルがうなずいた。

「あの女が、またやってくれたわ」セーラは言った。「わたしたちを愛してくれるかもしれない人を次から次へと無慈悲に奪っておきながら、あの女は目にいっぱい涙をためて、いい子ぶってそこに立って、自分は何もしてないって言うのよ。そうじゃない？」

「すごく落ちこんでたわ――というか、そう見えたわ」アナベルが言った。「でも、侯爵の求婚も断ったのよ」

セーラは呼び鈴を鳴らし、エミリーが現れると言った。「シャンパンを持ってきて」

「お祝い申し上げてよろしいのですか、お嬢さまがた？」エミリーが尋ねた。

「いいえ、よろしくないわ」セーラは答えた。「気付けが必要なのよ。親愛なる後見人がわたしたちのお相手から求婚の申し込みを受けたのはいいけど、彼らは彼女に求婚したの」

「申し上げましたよね、お嬢さま」エミリーが熱をこめて言った。「あの女は信用なりません」

「さっさと行きなさい」セーラはうんざりして言った。エミリーが立ち去ると、セーラはつぶやいた。「ハリエットを殺してやりたい」

「やっぱり、エミリーにちょっとしたうわさを広めさせたら？」アナベルが言った。「本当のことを言うだけでいいのよ。あの女はお父さまの愛情を奪おうともくろんだんだから。そうでしょ！」

「そうかしら？」セーラは言った。「ねえ、アナベル、もしかするとハリエットがあんなに手強い敵なのは、何も悪いことをたくらんでないからかもしれないわよ。ハンティンドンにもヴィアにも、わたしたちと結びつけようと走り回る以外は何もしなかったのかも」

「でもあなたが言ったんじゃない――」

「わたしが言った、わたしが言った、ばっかり！」セーラは叫んだ。「シャンパンを飲む
まで、もうそのことは話したくないわ」

その晩エミリーが使用人部屋を立ち去ったあと、ほかの者たちは唖然《あぜん》としてしばらく黙りこんでから、先ほど侍女に聞いたメトカーフ嬢の話について論じ合った。「エミリーはすごく悲しんでいるふうだったけど、わたしには信じられませんよ」ミドルトン夫人が言った。「あのお優しいメトカーフ嬢が、サー・ベンジャミン・ヘイナーの愛人で、私腹を肥やすためにお嬢さまたちの財産を貯めこんでいるだなんて！」

「しかし確かに、エミリーの話には説得力があった」レインバードが重苦しい声で言った。「むしろ断片的に口にするだけで、わたしたちがほとんどの話を無理に引き出したんだが」

「きれいな人たちは、いつだっていちばんずる賢いんだよ」ジョゼフが言った。リジーのこれまでにない冷たさを、なんとなくメトカーフ嬢のせいにしていたからだ。

「あんたって、恐ろしく失礼だと思うわ、ジョゼフ」アリスが言った。「あたしがどのくらいきれいか、わかってるんでしょうね」

「エミリーなんて大嫌い」リジーはだしぬけに叫び、みんなをぎょっとさせた。「あの人がここに来た瞬間から、大嫌いだったし信用してなかったわ。ずる賢いのは、あの人のほうです。メトカーフ嬢がそんなに下品でわがままでずるい人なら、どうしてわざわざスカラリーメイドの体を気遣ったり、読み書きを教えてくれたりするんですか？」

「そのとおりだ」レインバードが言った。「ほかにも気になることがある。どうやらヴィア卿とハンティンドン卿は、ヘイナー嬢たちではなくメトカーフ嬢を訪ねてきて、おまけに追い返されたらしい。そこで……ちょっと待ってくれ、ジョゼフ、そのマンドリンを弾き続けてくれないと話せない……もし、ヘイナー嬢たちが嫉妬して、エミリーに命じて……？　いや、ばかげているな。お嬢さまたちがそんなことをするはずがない」

「でも、あたしたちはメトカーフ嬢を知ってます。丸一日いっしょに過ごしたんです」リジーは必死になって言った。「自分の頭と目と耳で感じたことを信じるんですか、それともあのエミリーの言うことをそのまま信じるんですか？」

「この子の言うとおりだと思うね」アンガス・マグレガーが言った。「もしかすると、何か悪いことをしたのはメトカーフ嬢じゃなくて、ヘイナーの双子でもなくて、エミリーが頭のなかでおかしなことを考えてるだけかもしれない。わたしたちはお嬢さまに優しくして、悪いうわさは流さないことにしよう」

「そして、さっきの話についてはなにひとつ、ルークに聞かせたり、〈走る従僕〉でほかの人たちに話したりしてはいけない」レインバードがきびしく言った。「たぶんエミリーは、女性がときどき襲われるおかしな発作を起こしただけかもしれない。あしたにはよくなるだろう」

もしエミリーのうわさ話が使用人部屋に根付いて社交界に広まったとしたら、セーラとアナベルは、ハリエットが恥をかくことで慰められたかもしれなかった。しかしハリエットの人気は衰《おとろ》えるどころか高まっているようだったので、ふたりの嫉妬心も高まって、これまで以上にハリエットを嫌うようになった。

ふたりは本心をうまく隠していた。うわべは、これまでとほとんど同じに見えた――舞踏会やパーティーで、くすくす、けらけらと笑ったり、紳士の気を惹いたりしていた。

セーラの怒りは、ふたつのうわさ話でさらにあおられた。ハンティンドン侯爵は田舎の領地に帰ってしまい、こちらに戻る気配はまったくない。ヴィア卿は、別れの集いで酒に酔って友人たちに失恋をほのめかし、軍に再入隊するために発《た》ったようだ。

しかしセーラは、夜になるとベッドに横たわり、なぜハンティンドンは自分ではなくハリエットを選んだのだろうと悶々と考えた。わたしのほうが後見人よりおしゃれだし、明らかに美しいのに。

容姿についての双子の虚栄心は損なわれなかったものの、ふたりは敗北感を感じ始めた。意気をくじくハリエット・メトカーフがいないところで輝ける場所を、それぞれが求めていた。

9

ヒマラヤの農夫が傲慢な雄の熊に出会ったとき、
農夫が大声で脅せば猛獣はわきへよけることも多いが、
雌の熊に近づけば農夫は歯と爪で引きちぎられてしまう
動物の雌は雄より凶暴だからだ。

――キプリング

スペンサー嬢はハリエットにとって、大きな慰めになった。たいていはそばにいて元気づけ、双子ではなく自分がふたりの紳士に求婚されたせいで感じているやましさを追い払おうとしてくれた。

しかし、侯爵がいまだに舞踏会や夜会やオペラに顔を出さず、さらには社交クラブ〈オールマックス〉のシーズン開幕の舞踏会も欠席したことがはっきりすると、ハリエットの気持ちはまた沈み始めた。ジョゼフィンにその理由は打ち明けなかった。自分でもよくわからなかったからだ。ただ、ハンティンドン侯爵のことを、まるで体のなかに抱える病《やまい》のように感じていた。舞踏会で栗色の髪をした背の高い男性を見かけると、胸の鼓動が高鳴った。けれど男性が振り返ると、そこには白粉《おしろい》を塗った疲れた年寄りの顔があるのだった。

しかしスペンサー嬢は、ハリエットが元気を取り戻し、双子がきちんとふるまっていると信じて、二、三日の予定で田舎に帰ることに決め、ハリエットのコテージの空気を入れ換えると約束した。

〈オールマックス〉の開幕のあと、ハリエットの心はますます沈んだ。こめかみにしつこい痛みを覚えて、二日後、アナベルとセーラが訪問のために馬車の手配を求めると、ジョゼフを護衛にしてふたりだけで出かけてほしいと頼んだ。

風の吹き荒れる肌寒い日だった。ハリエットは奥の居間のろうそくを灯し、時間を気にし始めた。七時近いが、双子はまだ戻っていなかった。

そのとき、外からゴトゴトという馬車の音が聞こえたので、表の居間へと走り、窓から外をのぞいた。安堵《あんど》のため息は、不意にさえぎられた。アナベルとセーラが馬車から降り、目を上げて窓辺のハリエットを見たのだが、ふたりは一瞬、嫌悪の表情を無防備に見せてから、表向きの仮面を取り戻した。ハリエットは泣きたい気持ちになった。

玄関の外まで出迎えはしなかった。双子はまっすぐ自室に向かって、エミリーを呼ぶだろう。ハリエットはぐったりと座りこんだ。シーズンは最悪の展開になりつつあった。心のなかでサー・ベンジャミンを責めた。今になって振り返ると、サー・ベンジャミンが実の娘たちにそっけなく接していたことや、それに比べて他人のハリエットをかわいがりすぎていたことを認めないわけにはいかなかった。

双子といっしょに出かけていたジョゼフが入ってきて、手紙を渡した。「誰かが郵便受けから押しこんだみたいです」従僕が言った。「ぼくが入ったとき、玄関広間の床に落ちてました」

「ありがとう、ジョゼフ」ハリエットは言った。「きっと、どこかからの急な招待状でしょう」手紙を奥の居間へ持っていき、座って読み始める。

最初は、自分の目が信じられなかった。それは鉛筆を使ってブロック体で書かれていた。

〝メトカーフ嬢〟ハリエットは読んだ。〝ヘイナー嬢たちの評判をだいなしにしたくないなら、今夜わたしに会いにくるがいい。双子がサー・ベンジャミンの実の娘ではないという証拠を見せてやる。その証拠を広めてほしくないなら、宝石を持って、セントジャイルズのキャリアー通り一〇番地に来い。誰にも言うな。見張っているから、言えばすぐにわかる〟署名はなかった。

ハリエットはうろたえてあたりを見回した。その場所へ行くことしか考えられなかった。手紙がまったくのでたらめなら、帰ってきて寝ればいい。もし真実なら、どんなことがあっても双子を守らなければならない。ハリエットは初めて、自分自身が知らず知らずのうちにセーラとアナベルに恐ろしくひどいことをしてきたのではないかと本気で考え始めた。ハンティンドン侯爵とヴィア卿のふたりから求婚されたことを、後ろめたく思っていた。それから、サー・ベンジャミンの妻が軽薄で不品行だったといううわさを思い出した。突然、サー・ベンジャミンが娘たちよりハリエットと過ごすことを好んだ理由がわかった気がした。もし実の娘ではなく名誉のために自分の家名を与えたのだとすれば、すべて説明がつく。ハリエットは、匿名の差出人が真実を語っていることを確信した。呼び鈴を鳴らす。

レインバードが応じた。「教えてちょうだい」ハリエットは穏やかな落ち着いた声で話そうと努めた。「セントジャイルズってどこかしら？　うわさに聞いたことがあるような気がするけど」

「セントジャイルズは、〝貧民窟《ひんみんくつ》〟というあだ名がついた邪悪な場所です。ロンドンの掃《は》きだめ、売春婦と泥棒のたまり場です」

ハリエットは深く息を吸った。「でも、どのあたりにあるの？　あら、そんなに心配そうな顔をしないで。行くつもりはないわ。ほら、たとえば、ここから歩いていくなら……」

「簡単です。オックスフォード通りまで出て、オックスフォード通りがハイ通りになるまで進み、ハイ通りからブロード通りに入ります。〝貧民窟〟は、ブロード通りの左側にある迷路のように入り組んだきたならしい街路です」

「ありがとう」ハリエットは弱々しい声で言った。「それだけよ、レインバード。今夜はもう休んでいいわ」レインバードは奇妙に思って女主人を見たが、部屋は数本のろうそくで照らされているだけだったので、その顔は影に隠れていた。

レインバードは立ち去って使用人部屋に下りていき、ミドルトン夫人に〈走る従僕〉へ行ってくると伝えた。クラージズ通りの角を曲がったところで、エミリーがカーゾン通りの向こう側でルークと腕を組んでいるのが見えた。ふたりは笑っていて、こちらには気づかなかった。そのときのレインバードは、あまり気に留めなかった。

使用人部屋に戻ると、リジーが教会へ行かせてほしいと頼みこんでいた。ミドルトン夫人は反対した。リジーはローマカトリック教徒で、ときどきソーホースクエアにあるセントパトリック教会に行っていた。家政婦は、若いメイドが付添いなしでロンドンの通りをうろつくことをよく思わなかった。とはいえリジーは以前にもひとりで出かけ、危害を加えられたことはない。とうとう家政婦が折れ、リジーはショールを頭と肩に巻いて、外階段を駆け上がった。

リジーはオックスフォード通りを走った。ソーホーまで行くには、いちばん明るく照らされている道路だからだ。街灯には新しい反射鏡が設置され、揺らめく光が拡大されて、これまでの弱々しい輝きより少し強い光を放っていた。

オックスフォード通りからソーホースクエアに続くチャールズ通りへ曲がろうとしたところで、通り過ぎた貸し馬車の窓から外をのぞくメトカーフ嬢が見えた。その顔にはひどく苦しげな、ひどくおびえた何かがあったので、リジーはほとんど考えもせずに、方向を変えて貸し馬車のあとを追い始めた。

ブロード通りへ入ったところで、リジーは心配になってきた。貴婦人が行く場所ではないし、メイドだって行く場所ではなかった。

貸し馬車は、ブロード通りとディオット通りの角で止まった。「キャリアー通りはあっちですよ、お嬢さん」御者が呼びかけた。「こっから先はあっしには行けねえし、あんたも行かないほうがいい。犬のぶんの追加料金、もらいますよ」

リジーが駆けていくと、ちょうどハリエットが料金を払っているところだった。「お嬢さま！」リジーは叫んだ。

ハリエットが振り返り、真っ青な顔をリジーに向けて低い声で言った。「行って！　今すぐひとりにしてちょうだい。わたしといるところを見られてはだめ。行きなさい、命令よ」

目上の人の判断に疑問を唱《とな》える勇気があるのは、長年仕えた使用人だけだろう。リジーはお辞儀をしてきびすを返し、立ち去った。ビューティーが、がっかりしたようにクーンと鳴いた。

リジーは肩を落とし、のろのろと歩きながら、身分の高い人がいないか、相談できる人がいないかとあたりを見回した。このままでは、メトカーフ嬢は生きて〝貧民窟〟から出られないだろう。

そのときリジーは見た。ハンティンドン侯爵が、旅行用馬車の御者台に座り、手綱を握っていた。まるで馬が疲れているるか、考えごとをしているかのように、ゆっくり馬車を走らせている。

リジーは偶然を信じなかった。ほかの人が偶然と呼ぶかもしれないものを、神のみわざと考えていた。神は侯爵を、ブロード通りのまんなかにいる自分の目の前に出現させた。これはしるしだ。

だからリジーは道路のほうへ駆け出して、金切り声で叫んだ。「侯爵さま！　侯爵さま！」

ハンティンドンは視線を下げ、リジーを見て、驚きに目を見開いて馬を止めた。「きみ、ここで何をしている？」大声で呼びかける。

「ああ、お願いです、侯爵さま」リジーはつま先立ちになって叫んだ。御者台に座る侯爵が、とても遠くにいるように思えたからだ。「ご主人さまのことです。〝貧民窟〟に入っていってしまったんです」

「なんだって！」ハンティンドンはとなりに座っている御者に手綱を投げ、軽々と飛び降りた。

「彼女はそこで何をしているんだ？」侯爵はきいた。「どっちへ行った？」

「御者がお嬢さまに、キャリアー通りへの道を教えてました」

「ピストルを出してくれ、ジョン」侯爵が御者に呼びかけた。二丁の銃をつかんで、リジーに言う。「きみは帰ったほうがいいよ、リジー」

「あたしも連れてってください、侯爵さま」リジーは言った。「お嬢さま……メトカーフ嬢は……は……」哀れなリジーは、ハリエットが自分を教育しようとまで考え、どれほどよくしてくれたかをうまく言葉にできなかった。

ハンティンドンは気短に肩をすくめて、大股で歩き出した。不思議なこともあるものだ、と考える。ロンドンに近づくにつれて、ハリエット・メトカーフへのますます強くなる思いに悩まされていた。ハリエットのことは、二度と考えないと誓ったというのに……。あの女は侯爵の求婚をはねつけ、かわいそうなギルバートを連隊に戻らせた。ところがこの小さなメイドが、ロンドンの劣悪な地域のまんなかで、馬車の車輪の下から現れ、ハリエット・メトカーフが正気を失って〝貧民窟〟に入っていったらしいと告げた。〝貧民窟〟は、最下層の宿なしのこそ泥たちが寝泊まりし、あまりにも落ちぶれてふつうの自由な人づき合いになじめなくなった惨めな男女が暮らす場所だった。彼らは古い家々の屋根裏から地下まで、ひと部屋に六、七人ずつ住んでいる。昼間に太陽がほとんど射しこまない街路は、いぶすような悪臭を放っていた。すべての街路は曲がりくねって小さな路地に分かれ、それがまたくねくねと絡み合い、ひとつではなくいくつもの迷路をつくっている。部外者はめったに足を踏み入れない。この地域に精通していなければ出口を見つけられず、道を尋ねればさらに奥へと追いやられ、おそらくどこかの錠の下りる中庭で老婆《ろうば》の集団に捕まり、身ぐるみをはがれるだろう。

背の高い古い家々の裏庭には、ごみと盗品とあらゆる種類のくず肉が山と積まれていた。公衆衛生は、下水溝と汚水だめという形でのみ存在した。角ごとにジンを売る店があった。

若い〝スリ〟の訓練をする学校を開いている家もあった。少年少女がスリの訓練を受けて、雑踏での仕事に送り出されるのだ。

リジーと侯爵が道を急ぐあいだ、〝貧民窟〟の夜ごとの騒ぎよりひときわ大きく、収穫なしで帰ってきた子どもたちが鞭打ちを受けて泣き叫ぶ声が聞こえた。

ハリエットはキャリアー通りを見つけたが、一〇番地は見つからなかった。家々には、そもそも番地がないようだったからだ。ハリエットは女性の集団――赤い目をしたぼろ切れの束を女性と呼べるならだが――に歩み寄り、ていねいに一〇番地までの道を尋ねた。

「あいよ、べっぴんさん」一族の長らしき女が言った。「ついといで」

女たちがハリエットを取り囲み、族長が先に立って悪臭を放つ路地へと入っていった。ビューティーにとってさえ不快すぎるにおいで、あらゆるものが腐った臭気で感覚が麻痺《まひ》するほどだった。路地はとても暗かった。

「ここはどこなのかしら？」ハリエットは不安になって尋ねた。

「あんたが泊まるとこさ」邪悪な声が耳にささやいた。「こいつを捕まえな」

ぬるぬるした手がハリエットの口を押さえ、何本もの手が服をつかんだ。

老婆たちに忘れられていたビューティーが飛びかかった。歯をむき出して逆毛を立て、がぶりと嚙みつく。何人もの苦痛の叫び声があがり、ハリエットは口が自由になったことに気づいて、あらんかぎりの声で悲鳴をあげた。セーラの宝石がいくつか入っているレティキュールをしっかり握り締める。宝石を持ち出したとき、セーラはアナベルの部屋にいた。ハリエットは宝石をひとつも持っていないので、そうするしかなかった。

薄暗い路地でも、襲撃者たちの光る目が見て取れ、苛立たしげな悪態が聞き取れた。ビューティーが女主人の前にしっかりと立ち、猛然と吠えていた――太くうなるような声が、〝貧民窟〟の騒ぎに負けじと大きく響いた。

そのとき、銃声が空気を切り裂いた。ハリエットを見ていた目が、ぱちくりとまばたきしてからすばやく消えた。〝貧民窟〟の動物たちが穴に這い戻るかのようだった。

「お嬢さま！」

ハリエットはリジーの声に気づいて叫んだ。「リジー！　わたしはここよ！」

そしてリジーが現れ、その後ろにはそびえ立つような男性の姿があった。背の高いその人物がゆっくりと言った。「いったいぜんたい、ここで何をしているんだ、メトカーフ嬢？」

「ハンティンドン！」ハリエットは息をのんだ。「セーラとアナベルよ。すごく恐ろしいことが……」

「静かに」侯爵が言った。「話の前に、ブロード通りの明かりのなかに戻ろう。ぼくはピストルを二丁持っているが、この暗闇では、ごろつきのひとりが背後から忍び寄って頭を殴りつけるかもしれないからな」

ハリエットは安堵と恐怖ですすり泣きながら、路地の迷路を抜けてブロード通りまで導かれていった。不安と惨めさにさいなまれてはいたが、侯爵がどうやって戻り道を見つけたのかと不思議に思った。迷路に入っていくとき、侯爵が鋭い目にあらゆる曲がり角をしっかり焼きつけていたことは知らなかった。

「さて、ハリエット嬢」公爵が言った。

ハリエットはレティキュールから手紙を出して、脅迫についてひと息に話した。奇妙なことに、その内容を侯爵に隠そうとは考えなかった。

ハンティンドン侯爵が手紙を受け取り、ハリエットを自分の馬車まで導いた。侯爵は馬車のわきに寄りかかって、ランプの明かりで手紙を読んだ。

「お嬢さん」ハンティンドンは言った。「きみはだまされたんだ。〝貧民窟〟に字が書ける者はいない。いたとしても、こんなにきちんとした英語は書けない。誰かがきみにひどい嫌がらせをしたんだ。もしかすると、ヘイナー嬢たち自身かもしれない。全速力でクラージズ通りに戻ったほうがいい」

ハリエットは、双子がサー・ベンジャミンの実の娘ではないことを示すはっきりした証拠がキャリアー通りにあるのかもしれないと主張したが、むだだった。きびすを返して〝貧民窟〟に駆け戻るそぶりを見せると、侯爵はハリエットの腰をつかんで体ごと馬車のなかに引き上げた。

ハリエットは隅のほうに体を丸めて座り、恐怖と惨めさに震えていた。ちらちらと揺れる車内のランプが、白い顔と大きな疲れた目を照らした。ハリエットとリジーと車内に乗ったハンティンドンは、こんな卑劣で危険な嫌がらせができるのは誰だろうと考えていた。

六七番地に着くと、ハンティンドンはハリエットに手を貸して馬車から降ろしてやろうとしたが、目を上げたハリエットが厨房から漏れる屋敷の唯一の明かりを見て、よろけて今にも気を失いそうになったので、腕を回して支えてやらなければならなかった。

リジーは外階段を下りていこうとしたが、侯爵が呼び止めた。「いっしょに来てくれ。ご主人にはきみの手助けが必要かもしれない」

ハンティンドンは玄関扉をノックしようとしたが、その前にレインバードが扉を開き、後ろに下がって三人を通した。

「ワインと……何かを居間に運んでちょうだい、レインバード」ハリエットは言った。

「ヘイナー嬢たちはまだ起きている?」

「はい」レインバードは答えた。「下りてこられるようお伝えしますか?」

「いいえ」ハリエットは言った。「待っていてください、侯爵。すぐに戻ってきます」それからスカラリーメイドを振り返る。「ありがとう、リジー。もう用事はないわ。あしたの朝、いつもどおりに会いましょう」

「そんな、お嬢さま」リジーは反対した。「勉強ならいいんです。お嬢さまはゆっくりお休みになってください」

「いいえ、リジー。いつもどおりやりましょう」

レインバードは石油ランプを持って上階まで案内しながら、好奇心ではち切れそうになっていた。何があったのだろう? なぜリジーは、侯爵とメトカーフ嬢に付添われて帰ってきた? またビューティーが悪さをしたのか?

ハリエットは、表側にあるセーラの部屋に入った。アナベルとセーラはふたりともそこにいて、立ち上がってハリエットを迎えた。鎧戸がしっかり下ろされ、カーテンが閉められていて、空気は暖かく強い香水のにおいがした。

「下がっていいわ、レインバード」ハリエットはきっぱりと言った。

レインバードはお辞儀をして退いた。使用人部屋に下りて、リジーから何があったのかを聞くのが待ちきれなかった。

ハリエットはゆっくり部屋に入り、疲れきって椅子に座りこんだ。

「どうしたの、ハリエット?」セーラが叫んだ。「真っ青な顔をしているわ」

「この手紙を受け取ったのよ」ハリエットは言って、双子に手紙を渡した。ふたりは肩を寄せ合って立ち、それを読んだ。

「まあ!」しばらくしてアナベルが言った。「なんてばかばかしい! まさか、ひとことだって信じやしなかったでしょうね」

「どうすればいいかわからなかったの」ハリエットは言った。「でも、行かなくてはならなかった。行かずに危険を冒すわけにはいかなかったから。知っているでしょうけど、わたしは宝石を持っていないわ。だから、あなたのをいくつか持ち出したの。心配しないで、取られなかったから」

「ひとりで行ったんじゃないわよね?」セーラがきいた。

「ビューティーを連れていったわ」

「でも、セントジャイルズに入りこむなんて!」セーラが叫んだ。「ロンドンでいちばん恐ろしい場所よ。不案内な人が生きて帰れることはめったにないっていうわ」

ハリエットは座ったまま身をこわばらせた。それから言った。「今夜まで、その場所については聞いたことがなかったわ。あなたはどうして知っているの、セーラ?」

「いつかの舞踏会で、誰かが話の種にして、あんなところは焼き払うべきだって言っていたのよ」セーラが答えた。

「誰がそんな手紙を書いたのかしら？」ハリエットは言った。「わたしに死んでもらいたがっている人でなしは誰なの？　今では、ロンドンについて正しい知識を持つ女性なら、あんなところへは決して近づかないとわかったわ。でも、わたしのことをよく知っている誰かがいる。あなたたちが危険にさらされたと思いこんだら、わたしが何も考えずに行動するだろうとわかっている誰かが」

「どうして」アナベルが言った。「そんなばかげた話を信じたの？　ずっと昔からわたしたちを知っているあなたが？」

「最近、気づくようになったの」ハリエットは抑えた口調で言った。「もしかするとサー・ベンジャミンは、父親が注ぐべき愛情をあなたたちに注いでいなかったんじゃないかって。わたしは、あなたたちのお父さまをとても敬愛していたけれど……。あなたたちが実の娘じゃないとすれば、サー・ベンジャミンのふるまいに説明がつくと考えずにはいられなかったの」

セーラが冷たい目でハリエットを見た。「ねえハリエット、もしかすると、お父さまがわたしたちに冷たかったのは、あなたの……その……魅力がいちばんの理由じゃないかしら。お父さまはあなたのほうを気に入ってたし、みんなにそれを知らせようとしてたわ」

「そんなふうに思っているの！」ハリエットは叫んだ。「今夜あなたたちが帰ってきたとき、窓のそばにいるわたしを見て、大嫌いだっていう顔をしていたわ。そのあと手紙を受け取って、嫌われている理由がわかったような気がし始めたの。ああ、かわいいセーラとアナベル、わたしはあなたたちをこんなにも愛しているし、心配もしているのよ。あなたたちが幸せになるなら、なんでもするわ」

ハリエットは両腕を広げた。双子は、感情をはっきり見せることをひどく下品と考えていたので、少し身を引いた。

ハリエットは力なく両手をわきに下ろした。「まさか、わたしにこんな嫌がらせをしたのは、あなたたちじゃないわよね？」わびしげに尋ねる。

「わたしたちが！」セーラとアナベルが声をそろえて叫んだ。

セーラが最初に落ち着きを取り戻した。「わたしたちを愛してるって言いながら」冷ややかに言う。「ちょっとしたことでお父さまの実の娘じゃないと信じて、今度はわたしたちがあなたを破滅させようとしたと思うわけね」

「わたしを知っている誰かが、あの手紙を送ったのよ」ハリエットは言った。「でも、あなたの言うとおりね。それは、わたしがあなたたちふたりを愛していることを知っている誰かよ。それは、あなたたちが知らないことだものね。あなたたちはわたしを、機会に乗じた欲得ずくのペテン師だと思っているんでしょう。わかってきたわ」

長く気まずい沈黙が返ってきた。

「だけど、襲われなかったの？」ようやくセーラがきいた。

「襲われたわ。でも、ビューティーが向かってくる連中をみんな撃退してくれたの」ビューティーが部屋に入ろうとして扉をガリガリ引っかく音がした。ハリエットは立ち上がった。「ビューティーは、厨房でいちばんいい骨をもらわないとね。勇敢で立派な犬だわ。あなたたちの目には、わたしはそんなにひどい人間に見えているの？　わたしに我慢してくれるのはビューティーだけなの？」

「何もかもが手に入るわけじゃないのよ、親愛なるゴッドマザー」セーラが辛辣に言った。「わたしたちが二十一歳になるまで、財産を管理するんでしょう。もしわたしたちがいなかったら、今もあのじめじめした狭苦しいコテージで惨めな暮らしを送ってたんだと思って、自分を慰めるといいわ。ロンドンの社交シーズンを過ごして、ふたりの貴族から求婚される代わりにね」

「どちらの紳士も、射止めようと企《くわだ》てたわけじゃないわ」ハリエットは叫んだ。「それがわからないの？」

「わかってるのは」アナベルが言った。「もう夜遅いってことよ。妙に思えるかもしれないけど、あなたが無事でほっとしてるわ。でも、出ていってちょうだい」

双子は並んで立ち、ハリエットを見ていた。セーラが本当の気持ちをさらけ出したので、どちらもわざわざ後見人に礼儀正しくしようとさえ思わなかった。

ハリエットが立ち去ったあと、ふたりは顔を見合わせた。「さて、これでハリエットは知ったわけね」セーラがふてぶてしく言った。「わたしはかまわないわ」

「わたしだって」アナベルが言った。しかしどちらも、なぜハリエットにつらく当たってもすっきりした気分にならず、自分を惨めに感じるだけなのかよくわからなかった。

ハリエットは居間の外で立ち止まった。双子には、ハンティンドン侯爵のことを話していなかった。セーラを怒らせたくなかったし、まだ侯爵が双子のどちらかではなく自分に求婚したことにやましさを感じていたからだ。

侯爵は手にワイングラスを持って座っていた。ハリエットが部屋に入ると、立ち上がって迎えた。

「今夜のこと、お礼を申し上げます」ハリエットは言って、微笑んだ。「わたしの勇敢なビューティーにも」

ビューティーがやってきて、頭をハリエットの膝にのせ、小さな鋭い目を上向けた。ハリエットは分厚い毛皮を撫でた。ビューティーはぶるんと身を揺すってから、侯爵のほうへ行き、さらにかわいがられようとした。

ハンティンドンは、ハリエットの悲しみに沈んだ顔をじっと見て言った。「なぜ、あのばかげた手紙の中身を信じて、ロンドンでいちばんひどい場所へ、ひとりで飛んでいったんだ？　まさか、双子が父親の実の娘ではないと信じる理由があるというのか？」

ハリエットは、サー・ベンジャミンについてと、自分がひいきされていたことへの後ろめたさについて、すべてを打ち明けてしまいたかった。とはいえ、理解してもらえないかもしれないと思うと怖かった。村の名士による保護は、田舎では適切で害のないものに思えるが、都会ではもっと不埒《ふらち》なものに見える。誰もが、自分以外の人は最悪の動機を持っていると信じているかのようだ。

代わりにハリエットは言った。「でも、本当だったら？　もし誰かがそういう証拠を持っていたら？」

「だとしたら」侯爵が言った。「そいつらはおそらく弁護士をともなって、メイフェアできみに会うだろう。〝貧民窟〟に来いなどと言うはずがない。逆に〝貧民窟〟の住人ならば、正しい英語を使って手紙を書き、姿を見られるかもしれない場所にある郵便受けにそれを押しこむはずがない。その手紙を届けた何者かは、クラージズ通りを歩いても目立たないことに自信を持っていたんだ」

「今夜は、ほかにも信じられないことがあったの」ハリエットは言った。「アナベルとセーラは、わたしを嫌っているみたい」

「そういう印象を受けてはいたよ」侯爵が淡々と言った。「ふたりがその手紙を送っていないことは確かか？」

「確かよ」ハリエットは答えた。「わたしを嫌っているかもしれないけれど、死んでほしいとは思っていないでしょう」

「その冒険できみが死ぬとは考えなかったかもしれない」侯爵が指摘した。「単にきみを怖がらせるつもりだったのかもしれないよ。意地の悪い人間は、自分の行動がどういう結果を招くか、立ち止まって考えないことが多い」

「嫌われていたなんて信じたくないわ」ハリエットは言った。「ああ、愛し慈しんでいたふたりの少女にそんなふうに思われていたことを知ってしまうのは、つらいものね」

「もしかすると、きみはもっとふさわしい対象に愛を注ぐべきかもしれないよ」公爵が言った。「ふたりの嫉妬深い令嬢がきみを好いていないからといって、誰にも好かれないわけではないさ。人は、愛と同じく、愛の欠如を受け入れることも学ばなければならない。ギルバート――ヴィア卿――は、連隊とともに国を発ったよ」侯爵が唐突につけ加えた。

「申し訳ないと思っているわ」ハリエットは言った。「でも、彼とは結婚できなかった」

「シーズンが始まる前に、好条件の求婚を二度も断る機会に恵まれる貴婦人は、めったにいないよ」侯爵が言った。

「わたしがお断りしたせいでヴィア卿がそんなに傷つくと知っていたなら、できるかぎりの償《つぐな》いをしたでしょうに」ハリエットは言った。

「結婚することで？」

「いいえ。ヴィア卿はロマンチックな人だから、愛情のない妻を押しつけるのは失礼になるわ」

「でもきみは、被後見人のひとりに彼が求婚すれば、満足するはずだったんだろう？」

ハリエットは唇を噛んだ。「たぶん」と言う。「あの子たちの世話が重荷に思えてきたわ」

「そしてぼくは、そのことできみをからかう人でなしだ」侯爵が言った。「もうやめよう！　友だちになろう、ハリエット・メトカーフ。神はぼくたちを離れ離れにさせてくれないらしいから」

「ええ、喜んで」ハリエットが声に無邪気な驚きをこめて言ったので、侯爵は大声で笑った。

ハンティンドンは立ち上がって手を差し出した。「それじゃ、友だちだ」

「友だちね」ハリエットも言って、立ち上がって侯爵の手を取った。

ハンティンドンはハリエットに微笑みかけた。「あした訪ねてくるよ、メトカーフ嬢」

と言う。「どうしているか、様子を見るために」

「ありがとう」ハリエットが言った。信頼をこめて侯爵を見上げる目は、温かく愛情に満ちていた。

ハンティンドンはいとまを告げると、馬車を先に帰らせて歩くことにした。

とても軽やかな気分だった。

記憶にあるかぎり、こんなにばかばかしいほど幸せなのは、生まれて初めてかもしれなかった。

10

財布なら盗まれたっていい、大金でもたいしたことはない。
自分のものがそいつのものになるだけの話、しょせん金は天下の回りもの。
ところが名誉を盗《と》られたとなると
奪ったやつにはなんの得にもならないくせに、
こちらは大損してしまいます。

——シェイクスピア

翌日ハンティンドン侯爵は六七番地を訪ね、ハリエットとふたりきりで会えなかったことにがっかりした。セーラとアナベルもいて、リボンやひだ飾りでめかし、侯爵に褒められるための水彩画の画帳や、じっくり見られるための刺繡を用意していた。六七番地にピアノがないことに感謝するばかりだった。

双子は大いに茶目っ気と恥じらいを見せながら、悪いうわさのせいでこの屋敷が呪われているとは思わないでしょうね、と尋ねた。侯爵は、ええ思いません、と答えた。それからふたりはブランメルの最近の名言を聞いたかと尋ね、侯爵は聞いたと答えたが、とにかくふたりはそれを暗唱してから、くすくす笑い、ふざけて扇子でお互いをたたいた。ハンティンドンは、ハリエットに対して苛立ち始めた。自分から話すことは何もないのか？ 被後見人たちがぼくを死ぬほど退屈させているあいだ、顔に笑みを貼りつけてそこに座っているだけなのか？

とうとうハンティンドンは、これ以上セーラとアナベルの茶目っ気たっぷりの戯れに耐えられなくなり、いとまを告げた。ハリエット・メトカーフに対する愚かな思春期のような切望がどこかへ消えたようでじつによかった、と自分に言い聞かせる。ハリエットは、この世でペットの雑種犬と被後見人たちにしか興味のない、ふわふわしたマシュマロのような女性にすぎない。どうやら、自分を好いてもいないふたりの冷淡な令嬢を愛する決意でいるらしい。たいした殉教者《じゆんきようしや》だ。こんな女性のために、かわいそうなギルバートはイベリア半島の熱い太陽の下で戦っているのだ！

しかし、クラージズ通りからバークリースクエアまで歩くころには、ハリエットに対するおなじみの切望が戻ってきた。今夜、ハリエットが〈オールマックス〉での舞踏会に出席することは知っていた。ハンティンドンは、〈オールマックス〉が嫌いだった――質の悪い床ともっと質の悪い軽食を備えたわびしい場所。三十分だけ立ち寄ることにしよう、と考える。

ハリエットは今や、社交界のなかで地位を確保できた気がしていた。少しもおびえることなく〈オールマックス〉の夕べに備えられるだけの地位を……。白いサテンのアンダースカートと、銀の刺繍が入ったごく薄手の綿モスリンでできた新しいアンサンブルドレスをまとい、素直な喜びを覚える。

自分が誇らしかった。油断ならないこの心がハンティンドン侯爵の肉体的な完璧さについて下品な考えにふけるのをやめさえすれば、付添い人としての義務にもっと専念できるはずだった。どちらにしても、その点については成功を収めていた。

アナベルにもセーラにも、何人かとても立派なお相手がいた――確かにどの男性もヴィア卿やハンティンドン卿ほど見目麗しくはないが、みんな家柄がよく、じゅうぶんな財産がある。

ハリエット自身も付添い人のあいだで人気があったし、舞踏会や夜会で彼女たちとのうわさ話を楽しむようになっていた。

セーラとアナベルは、これまでどおりハリエットに接するのが得策だと判断したようだった。まずまず丁重な態度だったが、自分に対する双子の本心を知った今では、正直であからさまな嫌悪のほうがうまく対処できる気がした。

舞踏室に入ると、ハリエットは双子がパートナーにダンスフロアへ導かれていくまで待ってから、小さな金めっきの椅子が並んでいる場所へ向かい、ヴィリアーズ男爵夫人とクランプ夫人を見つけてにっこり微笑んだ。

驚いたことに、どちらの貴婦人もハリエットが近づいてくるのを見ると、立ち上がって挨拶の言葉ひとつかけずに歩み去り、楽団のベランダの下に並ぶ柱のそばに立った。

ハリエットは戸惑いうろたえながら椅子に座り、両側の空いた椅子を意識した。付添い人たちの列のほうへおずおずと笑みを向けると、女性たちは横柄なまなざしでハリエットをじっと見てから、顔を伏せて互いに向き直り、ひそひそ声で話し始めた。さらに多くの非難のまなざし、さらに多くのひそひそ声。

ハリエットは途方に暮れて、ダンスフロアに注意を移した。

自分のドレスをちらりと見下ろし、ひもがほどけているか、大きな染みがついているのではと考える。

そのとき、レディ・フィリップスの丸々とした心休まる姿が見えた。

せめてひとりだけでも友人と話そうとして、ハリエットは夫人のほうへ急いだ。

「レディ・フィリップス……」ハリエットは言いかけたが、声はしだいに小さくなった。レディ・フィリップスがぎくりとしたような目を向けたあと、ふくよかな顔から表情を消し、きびすを返して歩み去ったからだ。完全な無視だった。

ハリエットは惨めな気持ちで椅子に戻った。いったい何が起こったの？

ハンティンドン侯爵が舞踏室に入ってきたとき、ハリエットは部屋の奥から彼に目を留め、震える笑みを向けた。侯爵が微笑み返し、フロアを横切ってこちらに来るかに見えたが、そのときふたりの友人に呼び止められた。ふたりはかなり長いあいだ、低い声で侯爵に何かを話しているらしかった。それから三人は、まっすぐハリエットを見た。侯爵は呆然としているようだった。

ハンティンドンは、歴史が繰り返すのを感じていた。妻の不貞を初めて知った場所は、〈オールマックス〉ではなかったか？ 当時も、今と同じように立ち尽くして、心をよじられるような痛みと、周囲の世界が音を立てて崩れていくのを感じてはいなかったか？

自分を、ハリエットにはふさわしくない男のように感じていたとは！ ハリエットを、純真で清らかだと考えていたとは！ 事実は最悪だった。なぜサー・ベンジャミン・ヘイナーは、自分の領地と財産の管理と娘たちの世話をハリエットに任せたのか？ 娘たちより何歳か年上なだけなのに？ どうやら、ハリエットがサー・ベンジャミンを誘惑しようとたくらんだことは、田舎ではよく知られていたらしかった。ハンティンドンはうんざりした気分だった。

ハリエットが見ていると、侯爵は背を向けて別の友人たちと話し始めた。それから、舞踏室を出ていった。

ひそひそ声と非難のまなざしが、さらに激しくなってきた。ハリエットは、目にこみ上げてきた涙をまばたきで抑えた。ばかげてはいたが、ビューティーを連れてこられればよかったのに、と思った。裏切りに満ちた世界で唯一、揺るぎない愛情を示してくれる存在を。

不意に、これ以上耐えられなくなった。ハリエットはよろよろと立ち上がり、何百組もの目にきびしいまなざしを注がれた。急ぎ足で扉へ向かうあいだ、顔をうつむけてはいたが、通り過ぎる自分に人々がくるりと背を向けるのをはっきり感じた。

ハリエットはマントを受け取って、社交クラブから逃れた。

憤然としながらあたりを行ったり来たりしていた侯爵が、通りの反対側からハリエットの姿を見つけた。

放っておけ、と考える。

しかし、まるで見えない糸でつながっているかのようにあとを追い、ハリエットがチャペルコートの暗闇に入りこむと、足取りを速めた。中庭から出てきたハリエットは、ニューバーリントン通りから、クリフォード通り、グラフトン通りへ走り、ヘイヒルを進んで、バークリースクエアの端を横切り、ボルトンローからクラージズ通りに入った。

ハリエットはぼくから逃げ、なんの説明もせずに不運な屋敷に飛びこむつもりだ、とハンティンドンは考えた。やみくもな怒りに駆られて、ハリエットが侯爵に対してなんの義務も負っていないことさえ忘れていた。

ハリエットがちょうど六七番地の扉をあけたところで、ハンティンドンが追いついた。

「ひとことだけ話がある」侯爵が言った。

ハリエットは何も言わず、ただ扉をあけたまま、足を引きずって居間に入った。ハンティンドンはあとに続き、ハリエットがろうそくを灯すまで待った。

「今夜いったい何が起こったのか、わたしにはわからない。もう耐えられなかったの」

ハリエットはすすり泣いた。「あの目とひそひそ声、みんながわたしに知らん顔をしたわ」

「ふしだらな女をよくは思わないからな」侯爵が冷たい声で言った。

ハリエットはまるで殴られたかのように、自分の頬に手を当てた。「あの人たちは何を言っているの？」困惑して尋ねる。「わたしが何をしたっていうの？」

「きみの罪が暴かれたのさ。もう世間の人々は、きみがサー・ベンジャミン・ヘイナーの愛人で、娘たちから父親の愛情を奪ったことを知っている。抜け目なく、領地と財産を自分にゆだねさせて……」

「双子が二十一歳になるまで、管理を任されただけよ」ハリエットは愕然として言った。「それに、わたしは潔白です。サー・ベンジャミンは、両親が亡くなったあと、父親代わりのような存在だったんです」

おそらく、侯爵がこれほどハリエットを強く求め、やみくもな渇望《かつぼう》を覚えていなかったなら、道理に耳を傾けていただろう。もし妻に裏切られていなかったなら、これほど頭に血はのぼっていなかっただろう。

「これまで唇を奪う気さえ起こさなかったとはな」ハンティンドンは自分に驚いた。ゆっくりと近づく。ハリエットが後ずさりした。ぐいと引き寄せて腕に抱いた。あざけって懲らしめるつもりだったが、ハリエットの体の感触と、こちらを見上げる大きな目に浮かぶ恐怖に、うずくような愛情がこみ上げてきた。侯爵の目から怒りが消え、こわばった表情が和らいだ。「ハリエット」侯爵は言った。「ぼくのいとしいハリエット」

その瞬間、世界がふたりのまわりで爆発したかに思えた。が、それは情熱のせいではなく……。

ビューティーは、厨房の猫を見つけていた。

一日じゅう外階段のまわりで待ち伏せして、猫が鼠の巣穴を見張るかのように見張り、緑色のラシャ張りの扉から入りこむ機会を狙っていたのだ。

その機会は、アリスによって与えられた。アリスは何をするにも動作がとてもゆっくりなので、扉の開閉にも恐ろしく時間がかかった。貴婦人たちが〈オールマックス〉へ出かけたあと、アリスは茶器を片づけていた。レインバードが水のなかを歩く人を見ているようだと描写する、いつものけだるそうなのろのろした動きで、トレーを片方の腰で支え、もう片方の腰で扉を少しずつ押す。

ビューティーが、その好機をとらえた。喜々として階段を駆け下り、使用人部屋に突入する。ちょうどみんなが夕食の席に着こうとしているところだった。

ビューティーはムーチャーを見つけ、熊のような小さい目をらんらんと輝かせた。うなり声をあげて飛びかかり……それから痛みにキャンキャンキャンと鳴いた。ムーチャーが一歩も引かず、犬の鼻を引っかいたからだ。

レインバードがそこにいれば、もっと早く事態が収まったかもしれない。しかしレインバードは、となりの執事ブレンキンソップとともに〈走る従僕〉にいた。

マグレガーが、のし棒をつかんでビューティーに飛びかかった。ビューティーはさっとよけ、ジョゼフの脚に噛みついた。ジョゼフは、尾羽を抜かれた鸚鵡のような金切り声をあげた。ジェニーはテーブルに飛び乗り、デイヴはムーチャーを捕まえて階段を駆け上がり、ビューティーとミドルトン夫人とリジーとマグレガーがすさまじい勢いでそのあとに続いた。アリスは壁に背中を貼りつけて、みんながドタバタと通り過ぎるまで待った。

おびえたビューティーは居間の避難所へ駆けこみ、猫とともに玄関広間の隅に隠れているデイヴのことは忘れてしまった。

ビューティーは、ご主人さまが大きく強そうな人間の腕のなかに捕らえられている光景をじっと見た。

うなり声をあげて飛びかかり、ハンティンドン侯爵のお尻にがぶりと噛みつく。

侯爵がすばやく振り返り、ビューティーを蹴飛《けと》ばした。リジーが倒れこむようにビューティーの首を押さえて「いい子ね。いい子にして。いい子にできるでしょ、ビューティー」と叫び、おろおろと無意味な言葉をかけ続けると、それは驚くべき効果をあげて、逆上した犬を落ち着かせた。

ハンティンドン侯爵は、愕然としてそれを眺めていた。まるで突然、その場に凍りついてしまったかのようだった。自分の身に起こったことが信じられなかった。流行の権威、社交界のドン・ファン、崇められ、尊敬され、愛されている自分が、お尻にずきずきする痛みを感じながら、目を丸くした使用人の一群の前に立ち尽くしている。折よく犬に嚙みつかれなければ、ひどく卑劣なふるまいに及んでいたかもしれなかった。

いまいましい雑種犬の攻撃のおかげで、頭がすばらしくはっきりしてきた。自分の家系には唐突に理性を失う病気でもあるのだろうか、といぶかる。心の底では、ハリエット・メトカーフに関するうわさが下品な嘘であることはわかっていたからだ。これまでどんな女性も求めたことがないと思えるほどハリエットを求めているせいで、その切望が頭を混乱させているらしかった。

使用人たちは、じっと押し黙っていた。ハリエットの苦悶に満ちた顔を見て、この貴族の紳士を扉の外へ放り出そうかと考える。リジーは、レインバードの帰宅を祈った。

そこへ出し抜けに、執事が礼儀正しい無表情で現れた。ひとりひとりにすばやく視線を走らせてから、丁重に言う。「ちょうどお帰りになられるところですね、侯爵さま」

「そうだ」ハンティンドンは言った。ハリエットのほうを振り返る。言いたいことがたくさんあったが、侯爵の言葉による衝撃から立ち直るにつれてハリエットの顔にゆっくり表れた恐怖と嫌悪を見て、すべてが頭から消し飛んでしまった。

「失礼します、メトカーフ嬢」侯爵は言った。「あした、様子を見にお訪ねします」

そして侯爵は、戦いに負けた雄猫のように部屋から立ち去った。

レインバードはハリエットの頬にこぼれる涙を見て、ほかの使用人たちのほうにさっと振り向いた。「出ていきなさい！」

三人は退き、扉を閉めた。

「わたしはただの使用人です、お嬢さま」レインバードは言った。「でも、ここにはほかに誰もいません。それに、何を悩んでいらっしゃるのか知らなければ、お助けすることもできません」

一瞬のうちに、階級の壁は壊れた。ハリエットはレインバードの胸に飛びこみ、思いきり泣いた。

ビューティーが、頭をのけぞらせて遠吠えし始めた。愛犬の悲しげな声を聞いて、ハリエットは懸命に気を落ち着けようとした。身を引いて、悲しみに満ちた目を執事に向ける。

「悪意のあるうわさで破滅させられたのよ、レインバード」

「知っています」レインバードは重々しく言った。「誰がうわさを流したのかも知っています」

ハリエットはどさりと座りこみ、執事を見つめた。

「あの侍女、エミリーです。あることないことをルークに話して、固く口止めしました。けれども、ルークは執事のブレンキンソップに話したんです。エミリーはそれを承知していたに違いありません。ブレンキンソップはうわさ話が大好きですから、〈走る従僕〉で上位の使用人たちに伝えました。ルークについてひとつ言っておきますが」レインバードは、自分のあざになった拳《こぶし》を眺めながら言った。「あいつはエミリーに心酔していて……その……なかなか口を割りませんでした」

「でも、エミリーにひどいことをした覚えはないのに！」ハリエットは叫んだ。

「いずれおわかりになると思います、お嬢さま」レインバードは天井を眺めながら言った。「エミリーが、ヘイナー嬢たちに悪いうわさを広めるよう命じられたということが」

「そんなこと、絶対に信じないわ」ハリエットは言った。

レインバードは首を一方に傾けて、外に馬車が止まる音を聞いた。

「では、すべてが間違いだと証明してください、お嬢さま」執事は言った。「いっしょにいらして、セーラお嬢さまの部屋の外に隠れてください。おふたりがなかに入ったら、立ち聞きするんです」

「いやよ！」

「おふたりが潔白なら、恐れることはないはずです」

ハリエットは大きく息を吸った。「わかったわ」

レインバードはお辞儀をした。「おふたりには、あなたはお休みになったのでお邪魔しないでくださいと申し上げます」

レインバードが部屋を出て、扉を閉じた。ハリエットは両手でハンカチを握り締めて、玄関広間から聞こえてくるつぶやきに耳を傾けた。そのあと、双子が階段をのぼる音が聞こえた。

レインバードが表の居間にこっそり戻ってきた。「今です、お嬢さま」

ハリエットは執事のあとに続いてひそやかに階段をのぼった。レインバードが、セーラの部屋の扉に耳を当てるように合図した。

「まあ、なんて騒ぎ！」セーラの声が聞こえた。「どういうことかしら」

「きっとエミリーよ」アナベルが言った。「それとも、わたしたちがアッパーマーチャムで広めたうわさのいくつかが、とうとうロンドンにまで伝わったのかも」

「しつこくうわさって言い続けるのはやめてちょうだい」セーラがとげとげしく言った。「わたしたちは本当のことを言っただけだし、それが村の人たちに真実を知ってもらうわたしたちのやりかただっただけよ」

ハリエットは扉から後ずさりした。「ひどすぎる」かすれ声で言う。「もう休むわ」

「まだです」レインバードが言った。「まだじゅうぶんにお聞きになっていません」

ハリエットはうんざりしながら、もう一度扉に耳を当てた。

「あなたがハリエットのことを好きになりかけたのかと思ったわ」アナベルが言っていた。

「ええ……危うく……わたしたちの利益をいちばんに考えてると思ってたときにはね。そのときは、本気なのかもしれないと思ったのよ。でも、冷静に考えてみて、やっぱりずる賢いあばずれだと思うようになったの。あんな女、すっかり名誉を汚《けが》されて、誰にも見向きもされないようになればいいわ。ふん！　ハリエットの田舎臭い物腰とあの野暮ったさ。あの女は、悪巧みの達人に違いないわ。そうでなきゃ、わたしたちがいるところで紳士たちがあの女に目をくれるはずがないもの。ハリエットのことは、少しも好きになれない。昔から、ちっとも好きじゃなかった。子どものころ、お父さまがあの女ばかり猫かわいがりし始める前から、ちっとも好きじゃなかった……」

「もういいわ」ハリエットは言って、扉から身を引いた。

「使用人部屋へいらしてください」レインバードがおごそかに言った。「すべきことが山ほどあります」

11

美しい乙女たちは彼を見て頬を染めた。
既婚婦人たちも持ちのよい紅で頬を輝かせた。
テムズ川のほとりに住むふたつの商品、
若さで塗られた女たちと、白粉を塗った女たち。
いつものように彼の心に訴えるのだ、
紳士ならはねつけようがないことを。
娘たちは彼の衣装にほれぼれし、信心深い母親たちは
彼の収入と、兄弟があるかどうかを探ろうとした。

——バイロン卿

あまりにも傷つきぼんやりしていたので、ハリエットは執事に言われるがままに、あと

に続いて裏階段を下り、使用人部屋に入った。

亡き母は、娘が使用人に打ち明け話をするのを見たらあきれるだろうという、ばかげた考えが頭をよぎった。とはいえ、欠点が多く高慢ちきだったとしても、故メトカーフ夫人は、使用人たちを無礼に扱うのは成り上がり者と小売店の店員だけだと主張していた。

リジーはテーブルのいちばん隅に座って、ハリエットからこれまでに教わったことをデイヴに教えていた。ミドルトン夫人は、火のそばで縫い物をしながらうたた寝していた。ジェニーとアリスは、かごいっぱいのリネンを繕っていた。アンガス・マグレガーは、片方の足に重心を置いて立ち、ぼろぼろになった料理本を顔のすぐ前に広げてじっと眺めていた。目が悪いせいだが、虚栄心から眼鏡を買う気にはなれないのだった。ジョゼフは爪の手入れをし、ムーチャーはその膝の上で丸くなっていた。ろうそくの明かりがテーブルを囲む一団を金色の輝きで包み、染みのついた壁に影を落として、一日を終えようとする田舎の厨房を理想化した絵画のように見せていた。

レインバードの後ろにいるハリエットを見ると、全員が立ち上がった。レインバードはテーブルの上座の椅子を引き、ハリエットに座るよう頼んでから、うなずいてほかの者たちを元の位置に戻らせた。

ミドルトン夫人はすっかり眠りから覚め、柔和な目におびえたまなざしを浮かべてあちこちを見回していた。家政婦は心の底で屋敷には呪いがかかっていると信じていたので、メトカーフ嬢が垢抜けない地階に降りてきたのは、殺人や強姦などの重大事件を伝えるためではないかと思ったのだ。

レインバードは、ウェストエンドじゅうに広まっているハリエットについての下品なうわさのことを簡潔に説明した。それから、今では双子がメトカーフ嬢をだまして〝貧民窟〟へ行かせたと信じていることを話した。みんなの驚きと動揺の叫び声が静まったあと、執事はハリエットを振り返った。

ハリエットは、双子がそんなことをしたなんて信じないと叫びたかったが、先にレインバードに質問された。

「教えてください、お嬢さま」執事が言った。「しばらく前に、ヴィア卿とハンティンドン卿が訪ねていらっしゃり、どちらの紳士も悲しそうに立ち去っていかれました。おふたりは、お嬢さまに求婚されたのではないでしょうか？」

「ええ」ハリエットは悲しい気持ちで答えた。「わたしは、ヴィア卿がアナベルに、ハンティンドン卿がセーラに求婚したがっていると信じていたのよ。でもそうではなくて、ふたりともわたしに申し込んだの」

「そして、お嬢さまはお断りになったんですね」レインバードは叫んだ。「ヴィア卿は、傷心のせいで以前いた連隊に戻ったという話ではありませんでしたか？　しかし、意中の貴婦人の名前を決して口にしなかったので、憶測が広まっていました。そして、ハンティンドン卿。ああ、女性たちにとってどれほどすばらしい宝であることか！　侯爵がアメリカへ発つ前、社交界のあらゆる家庭は彼を娘の結婚相手にと望み、既婚女性の多くも彼の気を惹こうとしたものです。しかし侯爵は、評判はともかく、きちんとした貴婦人をだましたことは一度もありません」

「ベリンダ・ロムニーは彼の愛人でしょう」ハリエットは言った。「ご主人が亡くなったあと、どうしてもお金が必要だったそうね。侯爵は、夫人をうまく利用したに違いないわ」

「侯爵のほうからじゃないですよ」ジョゼフが言った。「夫人には、彼の前にふたり愛人がいましたから」

「いいですか」レインバードが熱をこめて言った。「たちの悪いうわさと戦うただひとつの方法は、もっと大きく上等なスキャンダルを社交界に与えてやることです。朝になる前に、わたしたちがウェストミンスターじゅうに散らばって、ヘイナーの双子の嫉妬と悪意について世間に広めます」

「そんなことをしたら、ふたりとも破滅だわ」ハリエットは動揺して言った。「それにあの子たちのお父さまは、わたしを信頼してくださったのよ」

「サー・ベンジャミンは、あなたなら双子を善良な貴婦人としてふるまわせることができると信頼されたのです、お嬢さま。罰を受けなければ、ふたりは悪意を振りまき続けて、別の誰かの人生をだいなしにするでしょう。エミリーは朝一番で出ていかせます。わたしが責任を持って追い払いますよ。ところで、ハンティンドン卿とのあいだに何があったのですか？」

「わたしのことをふしだらな女だと思いこんで、そんなふうに話しかけたの」ハリエットは言った。

「なるほど、お嬢さまを心から愛していらっしゃる様子からして、かっとするのも無理はないでしょう」

「わたしを愛している？　あの男は放蕩者よ！」

「お嬢さま」レインバードはきびしく言った。「ハンティンドン侯爵のように裕福で眉目秀麗な男性が求婚する場合、その男性はすっかり恋に落ちていると考えなければなりません。侯爵の亡くなった奥方は不貞を働いて、侯爵をひどく傷つけたのです」

ハリエットは目を丸くして執事を見つめた。「わたしたちはみんな、ロンドンじゅうの使用人の話題になっているの？　わたしたちの生活について、調べがついていないことはないのかしら？」

「いいえ、まさか」レインバードは快活に言った。「しかしうわさに聞き耳を立てなければ、どうやってこういうことを知って、お話しすればいいんです？――お嬢さまをお助けするために？」

「でもあなたたちがスキャンダルを流せば、セーラもアナベルも結婚できなくなるわ」

「いいえ、できますよ」ジェニーが息巻いた。「大きな持参金があるんですもの。猿とだって結婚する男はいるわ。その猿が金持ちならね」

「貴族の奥方たちの顔を見るとさ」デイヴが甲高い声で言った。「たまに、ほんとにそうだなってわかるよね」

「だめよ」ハリエットは首を振って言った。「あの子たちが、わたしを〝貧民窟〟へ行かせようとしたなんて信じられない。証拠がなければ、ふたりについてのどんなうわさ話も許さないわ」

「ほかに、どんな証拠がいるんです？」アリスがきいた。

「いいでしょう」レインバードが言った。「ジェニー、エミリーをここへ連れてきてくれ。うわさを広めたのは彼女だ。なぜなのか、白状させることにしよう。お嬢さま、残念ですが、エミリーは命令に従ってやったと言うはずです」

ミドルトン夫人が、呆然とした状態からわれに返った。「お嬢さまにブランデーをお出ししましょう、レインバードさん。エミリーを待つあいだ」

最上のフランスのブランデーが出された。感情を使い果たして奇妙に安らいだ気持ちになっていたハリエットは、ブランデーが自分だけでなく使用人全員、小さなデイヴにまで配られたことに気づいた。

「もう午前三時よ」ハリエットは言った。「みんな寝なくてはいけない時間だわ」

「わたしたちはいつも、目上のかたがたがお休みになるまで起きているのです」レインバードが言った。「ああ、エミリーが来ました」

エミリーが怒った顔でテーブルに着き、レインバードをにらんだ。「どういうわけで、あの女にあたしをベッドから引きずり出させたんです？」それからハリエットに気づいて、目に恐怖をよぎらせた。

「さて」レインバードは言った。「おまえがメトカーフ嬢についての悪いうわさを広めていたという動かぬ証拠があるんだぞ、エミリー。セーラ嬢とアナベル嬢にそそのかされたのか？」

「嘘を広めたわけじゃありません」エミリーがふてぶてしく言った。「あたしの言ったことはぜんぶ本当です。あたしがひとりでやったんです」

「自分が何を言っているか、わかっているのか?」レインバードはきいた。「おまえはこれで解雇されるだけじゃなく、二度とどこからも雇われなくなるぞ」

「もう雇われました」エミリーが頭をつんと反らして言った。

「誰に?」

「誰でもいいでしょ」

「それって、シェパードマーケットであんたが話しかけてたっていう貴婦人?」突然ジェニーがきいた。「ハウスメイドのメアリーが言ってたわ。その貴婦人が、すごい緑色の目をしてたって」

「そうだわ」リジーが興奮して言った。「ビューティーがおどかして馬から落ちた貴婦人、ハンティンドン侯爵といっしょにいたあの人は、緑色の目をしてたわ」

「ベリンダ・ロムニー」ハリエットは息をのんだ。

「どうなんだ、エミリー」レインバードが侍女の前に立ちはだかって言った。「もしベリンダ・ロムニーが、メトカーフ嬢に〝貧民窟〟へ行くように手紙を書いたのなら、白状したほうがいいぞ。話さないつもりなら、ボウストリートの治安官に話すんだな」

「まさかそんな」エミリーが真っ青になって言った。「治安官は、あたしみたいな者の言うことなんて聞いてくれません。流刑になってしまいます。夫人は、なんにも知らないって言うに決まってるんですから」

「だったら白状しなさい」レインバードは言った。

すっかり震え上がったエミリーは、搾り出すような声で語り始めた。双子はよく、侍女を使いに出した。ロムニー夫人が話しかけてきて、ヘイナー嬢たちの侍女かと尋ねた。どうやら、いつエミリーが特定の店や市場にいるかを調べて知っていたようだった。エミリーは喜んであれこれ話し、ロムニー夫人も喜んで聞いているように見えた。そして夫人は何気なく、ハリエットがハンティンドン卿を自分から奪ったのだと言った。エミリーは、ハリエットとサー・ベンジャミンについての自説をまくし立てた。ひとつの打ち明け話が、また次の話へつながった。ロムニー夫人は、双子が父親の実の子ではないと書いた手紙を送ってハリエットを心配させたらおもしろいだろうと言った。ハリエットがそんな話をうのみにして〝貧民窟〟に行けば、少しばかり怖い目に遭うだろう。たとえ行かなくても、隠れた敵がいると知って不安になるだろう。

「でもそれがうまくいかなくて、ハンティンドン卿に彼女を助けさせてしまったんで」エミリーが両手を震わせながら言った。「ロムニー夫人はあたしに腹を立てて、田舎で彼女のうわさを広めたのならロンドンでも広められるでしょう、と言ったんです。お嬢さまがたは、やらせたがってませんでした」

ハリエットはゆっくりと安堵の息を吐いた。品行が疑わしく評判の悪いベリンダ・ロムニーが敵だというなら、理解できる。

「うまくやれば、二十ポンドと仕事をくれると約束したんです」エミリーが切羽詰まった顔で言った。「ああ、お嬢さま、二十ポンドは、あたしのような者にはすごい大金なんです」両手に顔をうずめて、わっと泣き出す。

「すぐにアッパーマーチャムの家に帰ったほうがいいわね」ハリエットは言った。「二度とあなたの顔は見たくないわ」

レインバードはジェニーに向かってうなずき、泣いている無抵抗な侍女をチェインバーメイドが外に連れ出した。

「さて、どうするかな」レインバードは言った。「うわさにはうわさで戦うために、すばやく動く必要があります。ロンドンは、ロムニー夫人の悪意について知らなくてはなりません。しかもできるだけ早くです。ジョゼフ、おまえはセントジェームズ通りの〈ホワイツ〉と〈ブルックス〉のあいだに行って、待っている馬丁と従僕にうわさを伝えなさい。アリス、きみはジェニーといっしょに行きなさい。メトカーフ嬢に縁なし帽とマントをお借りして、ふたりとも侍女に見えるようにするんだ。貸し馬車で〈オールマックス〉に行って、メトカーフ嬢が帰ったことを知らないふりをして、どこにいらっしゃるかと尋ねなさい。驚きと動揺を顔に出すんだよ。それから貴婦人たちが外套を預けている部屋に入って、聞いてくれる人全員にうわさを伝えなさい。マグレガー、きみは〈ブードルズ〉に行くのがいいだろう。〈ホワイツ〉と〈ブルックス〉のすぐ近くだが、ジョゼフは手いっぱいになるだろうからな。御者と従僕に話してくれ。ミドルトン夫人、リジーを連れてレディ・ベラミーのお宅へ行ってほしい。お嬢さまを捜していると言って、うわさ話をする口実をつくるんだ。夫人は舞踏会を開いているから、何人か〈オールマックス〉からそちらへ移動しているかもしれない。わたしは、喫茶店を回ってこよう。デイヴ、おまえはみんなが出払っているあいだ、留守番をしてくれ。一時間後に、またここに集まろう」

ハリエットはぼんやりと、反対しなければいけないと感じたが、事態がもう自分の手には負えなくなってしまったようだった。アリスとジェニーがハリエットの寝室までついてきて、縁なし帽とマントを選び、興奮してくすくす笑った。レインバードは戸口のあたりでもどかしそうに待ったあと、まるで当座の女主人がメイドのひとりであるかのごとく、上の空でハリエットに寝るよう命じた。

ハリエットはベッドに横たわり、六七番地の使用人たちがうわさ話作戦を開始すべく楽しそうにドタバタと動き回る音を聞いていた。あしたの朝、どんな顔で双子と向き合えばいいのだろう？

今では、ハリエットもふたりを嫌いになってしまった。双子が自分たちの疑いをハリエットに直接伝える代わりに、アッパーマーチャムの村にうわさを広めたことは、あまりにも卑劣で受け入れがたかった。ある意味で、それを知ったことは、ベリンダの悪意を知ったことよりも深く心を傷つけた。わたしは、結婚市場で人気抜群の紳士ふたりの申し出を断った。セーラとアナベルのためだけを思って……。

眠りにつく前に、ハリエットは結論に達した。サー・ベンジャミン・ヘイナーが実の娘たちを好いていなかったのは、ただふたりが好きになれない子どもたちだったからなのだと。

ハンティンドン侯爵は、〈ブードルズ〉でホイストの静かなゲームに没頭していた。〈ブードルズ〉には大きな張り出し窓があり、セントジェームズ通りが見渡せた。クラブの歴史によると、ある有名な公爵は、ここに座って〝愚かな連中が雨に濡れるのを眺める〟ことが好きで、この景色を堪能していたという。政治志向の強い〈ブルックス〉（ホイッグ党支持者が多い）と〈ホワイツ〉（トーリー党支持者が多い）より、くつろげるクラブだ。ここでは、賭博好きたちの手をよごさないように、すべての硬貨を煮沸してこすり洗いまでしていた。

ハンティンドンは、何気なく窓の外をちらりと見た。あれは、六七番地の使用人じゃないか！　真っ赤なもじゃもじゃ頭をした大柄なスコットランド人らしき男が、じっと聴き入る御者や従僕に向かって熱心に何か話している。前回ハンティンドンが目にしたマグレガーは、ビューティーを捕まえようとしていた。眺めていると、侯爵の友人のひとり、ジミー・フォザリンゲイが二頭立て四輪馬車でやってきた。馬車から飛び降り、耳を傾ける使用人の集団を見て、ぶらぶらとそちらへ近づく。何か質問をした。集団が道をあけ、マグレガーを舞台中央に残した。料理人は、大きな身振り手振りを交えて話し始めた。

ハンティンドンは、ゲームに意識を戻した。十分後、ジミー・フォザリンゲイが部屋に駆けこみ、きょろきょろとあちこちを見てから、侯爵に目を留めた。

「ハンティンドン！」ジミーが叫んだ。「こんなスキャンダルはきっと聞いたことがないぞ！」

「出ていけ」ハンティンドンは言った。「ロンドンのスキャンダルは、もう一生分聞いて飽き飽きしたよ」

「しかし、きみが求婚した貴婦人に関係あるんだよ！」

侯爵のゲーム仲間たちがトランプを置き、耳をそばだてた。

「きみはどうかしている」侯爵は淡々と言った。

「しかし、彼女は下品なうわさ話の標的になっていたんだよ。あの優しい天使は、ふたりの役立たずの被後見人に汚名を着せられ、ロムニー夫人にあやうく殺されそうになったんだ。こんな卑劣なふるまいを耳にしたことがあるか？」

ゲーム仲間のひとりであるターガース卿が、大きな体を椅子から持ち上げた。「出ていけ、フォザリンゲイ」眠そうな声で言う。「きみは誰にも求婚なんてしてないだろう、ハンティンドン？」

ジミー・フォザリンゲイほどお人よしで正直な男が相手でなかったら、全員に静粛を求めて、私生活についてあけすけに話すのを拒否したかもしれない。しかし、活気あふれるジミーへの好意と、不意に強まってきた好奇心があいまって、侯爵は思わず言った。「メトカーフ嬢という女性に求婚した。断られたから、それで話は終わりだ」

「いいや、終わりじゃないんだ」ジミーが叫んだ。一気に言葉をあふれさせ、双子の嫉妬、侍女の裏切り、いたいけなメトカーフ嬢を永久に〝貧民窟〟で迷わせようとしたベリンダ・ロムニーの計画について語る。

さらに多くの紳士たちが集まってきて耳を傾けるなか、ハンティンドンは身じろぎもしないで座り、善良さや美徳を見分けられなくなるほど自分の心を毒してしまった亡き妻を呪っていた。自分のふるまいを思い出し、生まれて初めて恥ずかしさに赤面した。クラブからクラージズ通りへ走っていって、ハリエットの寝室に飛びこみ、許しを請いたかった。まわりでは、うわさが瞬く間に大きくなっていた。クラブ通いをする夫たちに置き去りにされた奥方たちは、寡黙な紳士にもこんなにたくさんのうわさ話がばらまけることに驚いただろう。

一時間後には、ベリンダ・ロムニーは〝貧民窟〟でハリエットを殺すために殺し屋を雇ったことになり、ハンティンドンが自分たちより後見人を選んだせいで嫉妬に駆られたセーラとアナベルは朝のホットチョコレートでハリエットを毒殺しかけたことになっていた。料理人はそう言っていなかったか？　疑いを抱き、厨房の猫に少しだけそのチョコレートを与えてみたと言っていなかったか？　毒入りの混合物を舐めたあと、その勇敢な猫は、二分間ほど板のように硬直していたのではなかったか？　マグレガーはそんなことはひとことも言わなかったが、クラブのなかから出てきたその話が外にいる使用人たちの耳に届くと、料理人はじつによくできた話だと考え、まばたきもせずにすべてまったくの真実だと言った。人々はざわめき、うなずき合った。

ようやくハンティンドンは、友人たちを説得してゲームに戻らせることができた。

ハリエットに求愛するという望みは、すべて消えた。自分は老婦人たちと同じくらい箇単に、悪意に満ちたうわさを信じてしまったのだ。ハリエットは決して、ぼくを許さないだろう。どんな女性が許すというのだ?

セーラとアナベルは、呼び鈴に応えて現れたのがエミリーではなくジェニーだったとき、何かがおかしいと感づいた。ジェニーが目をぎらつかせながら、エミリーは解雇されたと言った。双子はどういうことか尋ねたくてたまらなかったが、ジェニーの怒りに燃えるまなざしにひるんで、何も言えなかった。

そのあと窓から外をのぞいたセーラは、花束や贈り物が届き始めているのを見た。興奮の叫び声をあげる。「わたしたちのお相手が、贈り物を届けてくれたわ。階下《した》へ行きましょう。どうしてエミリーが辞めたのか、ハリエットにきいたほうがいいわ」

ハリエットは、スペンサー嬢とともに座っていた。レインバードとアリスが次々と花瓶を運んできた。花束と包みがハリエットの足もとに山と積まれていた。

「それをわたしたちのところへ持ってこさせてよ、ハリエット」セーラが猫撫で声で言った。

「どうして?」ハリエットはぴしゃりと言った。「みんなわたし宛てよ」

「そんなはずないわ」アナベルが叫んだ。「あなたを好きな人なんていないんだから」

「社交界は、悪意あるうわさが、ぜんぶあなたたちの侍女のしわざだったと突き止めたのよ」ハリエットはこれまでにない冷たくきびしい声で言った。「エミリーに協力させて、わたしを〝貧民窟〟へ行かせることをたくらんだのは、ベリンダ・ロムニーだったわ。でも、あなたたちふたりがアッパーマーチャムでエミリーに、わたしについてのうわさを広めさせたことがわかったの。ひとりの使用人に、よくもそんな力を与えたものね。おかげでエミリーは、すっかりいい気になってしまったのよ。そして、よくもまあ、そんなに優しく愛情深いふりをして、陰でわたしを嫌っていたものね。わたしも、もうあなたたちのどちらも好きではないわ。サー・ベンジャミンに対する愛情と尊敬がなければ、あなたたちのことはもう放っておくのだけど……。部屋に行って、わたしが呼ぶまで待っていなさい」

ハリエットが立ち上がると、双子は戸口で身を縮め、互いにしがみついた。

「自業自得でしょ」セーラが叫んだ。「あなたはお父さまの愛情をわたしたちから奪ったんだから。お父さまはあなたを気に入ってたわ……実の娘たちよりね。あなたなんて大嫌いよ」

「知っているわ」ハリエットは静かに言った。「でも、どうでもいい。行きなさい！」

扉を指さす。ビューティーが歯をむいて、双子のほうへ一歩進んだ。

ふたりはきゃっと悲鳴をあげ、背を向けて逃げた。

「ここから出たいわ、ジョゼフィン」ハリエットは言った。「屋敷が悪意でいっぱいで、息が詰まりそう」

「それなら、公園へ散歩に行きましょう」スペンサー嬢が言った。「もう一度最初から話してちょうだい、ハリエット。よくのみこめないのよ。でも、そのみすぼらしい犬は置いていってね。このあいだ見たときより、さらに凶悪そうに見えるじゃないの」

霧の立ちこめた薄暗くわびしい朝で、グリーンパークの木々からは小さな水滴がぱらぱらと落ちていた。ハリエットとスペンサー嬢はバッキンガムハウスまで歩いてから、さらに歩いてセントジェームズパークに入った。道すがらハリエットは、何度も繰り返し、スペンサー嬢が田舎に行っているあいだに起こったすべてのできごとを話した。

「そのハンティンドン卿は、ほんとうに人でなしね！」スペンサー嬢が叫んだ。「そんなことを言うなんて！　ハリエット、六七番地にわたしのベッドを用意してちょうだい。その男が二度とあなたに近寄らないようにしなくてはなりませんからね。付添い人が必要なのはあなたでしょう」

ハリエットは頬をピンク色に染めて、うなだれた。

「あら、わたしが何か言ったかしら？」スペンサー嬢が驚いた声で言った。「ハリエット、まさかそのけだものを憎からず思ってるんじゃないでしょうね」

「ジョゼフィン、貴婦人が話すべきではないこと、感じてさえいけないことがあるでしょう。自分でも説明できないの」ハリエットは言った。

「わたしはあなたの友だち、ジョゼフィンよ。あなたがどんなことを打ち明けようと、びっくりさせられやしません」

しかし、スペンサー嬢はびっくりして戸惑った。ハリエットが遠回しに、侯爵の姿を見ただけでかき立てられる不健全な肉体的渇望について話したからだ。情熱の炎が、独身のスペンサー嬢の胸に赤々と燃え上がったことは一度もなかった。貴婦人は決して、そういう情熱を感じないものだ。男たちは感じる――けだものども！　誰でもそのことは知っている。

「ふむ」スペンサー嬢はぶっきらぼうに言った。「やっぱりあなたと同居しましょう。もしかすると、ハリエット・メトカーフには、ハリエット・メトカーフから守るための付添い人が必要なのかもしれないわ！」

クラージズ通りに戻って双子の憎しみに満ちた目を見るのがいやで、ハリエットは、バークリースクエアの〈ガンターズ〉へ行ってさわやかなアイスを食べましょうと提案した。重い足取りで六七番地に戻ったときには、二時間以上が過ぎていた。

セーラとアナベルは、屋敷を発っていた。あとに残したのは、すべてについてハリエットを責める悪意に満ちた手紙だけだった。それによると、ふたりはバースにいる叔母のもとに身を寄せるつもりで、その地の新鮮な空気と気の合う人たちが、ハリエットの無慈悲さを忘れる助けになってくれるだろうとのことだった。

「そう、これでおしまいね」ハリエットはぐったりして言った。「アッパーマーチャムに帰るのがいちばんだわ」

「どうして？」スペンサー嬢がきいた。「屋敷の家賃は払ってあるし、頼りになるすばらしい使用人たちがいるじゃないの。ねえハリエット、わたしにはかなりの収入があるのよ。ずっと社交界に顔を出してみたいと思ってたの。知ってのとおり、わたしの身内はひとかどの人たちばかりでしょう。称号こそ持ってませんけどね。炉棚にたくさん招待状がのってることだし、あなたの付添い人をさせてちょうだい、ハリエット。きっと楽しいと思うわよ」物欲しげに言い添える。

しかしハリエットは田舎のコテージに帰ると決めていて、スペンサー嬢と長いあいだ言い争ったあとようやく折れて、とりあえず来週まではとどまることに同意した。

そのあと、ハリエットはスペンサー嬢と話す時間がほとんどなくなった。続々と訪問者たちが到着し始めたからだ。

ハンティンドン侯爵は五時にやってきて、クラージズ通りが何台もの馬車でふさがれ、メトカーフ嬢が支援者たちに取り囲まれていることを知った。謝罪の言葉と、自分のふるまいに対する後悔を伝えようとしたが、聞き耳を立てる人がたくさんいるなかで、率直に話すことはできなかった。

ハンティンドンは落胆しながら、いとまを告げた。ハリエットの目は変わってしまった、と悲しい気持ちで考える。疑いを知らない無邪気な表情は消えていた。別れを告げたとき、ちらっとこちらを見上げたが、その青い目には世間を知った疲れと倦怠《けんたい》のまなざしが浮かんでいた。

12

さようなら、シーズンよ！――
また新しく来るでしょう、アクセサリーとおもちゃを持って、
そして急ぎ足で去っていく、その同胞と同じように、
陽の光と、においと、喧噪《けんそう》のなかで。
薔薇、それとも茨《いばら》とともに来る？
祝福、それとも呪いとともに来る？
ボンネットは低くなる、それとも高くなる？
道徳は改善する、それとも悪化する？
そのときわたしは痩せている、それとも太っている、
間違いを好む、それとも正しさを好む、
結婚している――それとも埋葬されている？――なんでもかまわない。
さようなら、シーズンよ――さようなら！

――プレード

シーズンの始まりがあまりにも劇的だったので、あわただしい冒険が続くものと予想していたが、一週間もすると、ロンドンのシーズンを過ごすあらゆる人の生活と同じく、ハリエットの生活も落ち着いてきた。

弁護士のグラッドストーン氏はハリエットの手紙に返事を寄こし、双子のふるまいへの驚きをあらわにして、ハリエットがロンドンにとどまってシーズンを楽しむというスペンサー嬢の考えを強く支持した。そして、ヘイナーの双子はバースにうまくなじんで、適切な夫候補たちに囲まれていると伝えた。機会があるたびにハリエットの悪口を言い続けていることは伝えなかった。

最初、ハリエットは何ひとつ楽しめなかった。有名人になるという目新しい経験も楽しめなかった。もし社交界がその軽薄な心を別のものや別のスキャンダルに向けて、ハリエットを解放していなければ、アッパーマーチャムへ帰っていただろう。

信じざるをえなかったのは、社交界にはハリエットに持参金がなくてもまったく気にしないらしい立派な紳士たちが、驚くほどたくさんいることだった。付添い人という地位をスペンサー嬢に譲り渡した今、ダンスのパートナーやエスコート役には事欠かなかった。

スペンサー嬢は、じゅうぶんな財産を持つ立派な紳士のひとりを受け入れて、安定した将来を手に入れるよう勧めた。しかしハリエットは、どの立派な紳士の花嫁にも自分がふさわしいとは思えなかった。ハンティンドン侯爵に会いたくてたまらなかった。侯爵に焦がれる気持ちは熱病のように体を駆けめぐり、何度も不埒な夢を見るようになった。

とはいえ、今ではハンティンドン侯爵のふるまいに、女性の胸に情熱的な空想を呼び覚ますようなものは何もなかった。侯爵はベリンダに本気で激怒したので、夫人はほとぼりが冷めるまでロンドンから離れることにした。侯爵には、ハリエットが本当に〝貧民窟〟へ行くとは思わなかったのだと説明した。侯爵が知らなかったのは、ずる賢いエミリーがベリンダに、世間知らずのハリエットなら何も考えずに駆けつけるだろうと話していたことだった。

侯爵は、オペラや舞踏会でハリエットと顔を合わせるときはいつも、慎重に礼儀正しくふるまった。めったになかったが、たまにダンスに誘うこともあった。けれども必ずカントリーダンスで、一曲のあいだにパートナー以外の紳士たちとも同じくらいいっしょに踊るようなダンスだった。ワルツに誘いはしなかった。かといってほかの誰かを誘いもしないことが、苦しむハリエットにとっての小さな慰めだった。侯爵の手を腰に感じたいと願ったあと、貴婦人らしくない欲望を反省して思い悩んだ。

双子が去った直後は、使用人たちとの関係に不安を覚えた――自分のふるまいが、なれなれしくする許可を与えてしまったのでは？　ひとりの使用人に力を与えていい気にさせたことで、双子を責めたのは自分ではなかった？　ところが、使用人たちはみんな極端なほど丁重で、大きな敬意を持って女主人に接した。

毎朝、リジーに読み書きを教えることは続け、スカラリーメイドが読書に熱中するのを見て喜んだ。

最初、シーズンの終わりはずっと先に思えた。それから突然、立て続けに舞踏会やら夜会やらピクニックやらが押し寄せてくるうちに、それは目の前に迫ってきた。五人の立派な紳士が求婚した。その五人はスペンサー嬢に美しいメトカーフ嬢への求愛を許されたのだが、五人とも悲しげな面持ちの令嬢に申し出を断られ、がっくりと肩を落とした。

「あなたは夫に何を求めているの？」スペンサー嬢はすっかり腹を立てて叫んだ。しかしハリエットはもはや、侯爵への強い気持ちを友人に打ち明ける気になれなかった。

そのころハンティンドンは、ヴィア卿から長い手紙を受け取った。それは、戦闘についての熱を帯びた描写であふれていた。そして、優しいハリエット・メトカーフが退屈なロンドンの舞台から自分を追いやるきっかけになってくれて感謝する、と書き添えてあった。

ハンティンドンは、その手紙をじっくり眺めた。これまで、ハリエット・メトカーフに求愛すれば哀れなギルバートに対して不公平ではないかと繰り返し考えていた。ハリエットにはねつけられて、ギルバートがひどく傷ついたように思えたからだ。

シーズンの終わりが近づいていた。ハリエット・メトカーフを激しく求める以外、何もしなかったシーズンだった、とハンティンドンは気づいた。馬車での散歩に誘いたかったが、ハリエットが自分に軽蔑しか感じていないことがわかったらと思うと、ふたりきりになるのが怖かった。なにしろ、ハリエットを危険な目に遭わせたのは自分の元愛人だったのだから。

六七番地を訪問するのは、ほかにも訪問者がいるとわかっているときだけだった。ハリエットが確実にほかの誰かに注意を引かれているとき視線を向けて、髪の輝きや、女らしい柔らかな体つきや、手首の優美な曲線を見つめた。

ビスケットとワインを運ぶレインバードだけが、ある午後、ふと振り返って侯爵の目に浮かぶ切望のまなざしを捕らえた。

メトカーフ嬢の財政事情は、使用人たちにもよく知られていた。彼らはなぜメトカーフ嬢が、結婚を望むまじめで善良な求婚者たちの誰も受け入れようとしないのか理解できなかった。

レインバードは、ハンティンドン侯爵がいとまを告げるまで、表の居間付近で忙しく働く口実を見つけた。そして、ハリエットが侯爵に別れの挨拶をするとき、感情を抑えるような用心深いまなざしを浮かべ、侯爵が帰ったあとには生気をすべて失ってしまったように見えることに気づいた。

その晩、ハリエットとスペンサー嬢がカーゾン通りのベラミー邸の夜会に出かけ、ジョゼフに一時間後に迎えにくるよう命じて帰らせたあと、レインバードは使用人全員を集めて問題のあらましを話した。メトカーフ嬢は、ハンティンドン侯爵に恋をしている。侯爵もメトカーフ嬢に恋をしているが、どうやらふたりは、侯爵がメトカーフ嬢をふしだらな女だと思いこんだ晩に無作法なふるまいをして気まずくなり、このままでは手を取り合うことはなさそうだ。

そこで、とレインバードは言った。わたしたちがどうにかしなければならないだろう。

「ああ、単にふたりをいっしょにベッドに放りこんで、扉の錠を下ろせないのが残念だよ」アンガス・マグレガーが言った。

「下品なことを言うな」レインバードは、ミドルトン夫人のぎょっとした顔に気づいて、きびしく言った。

「なんでわざわざ？」ジョゼフが物憂げに言った。「お嬢さまはもうすぐ出ていくし、そうなれば誰かさんが身のほど知らずなことを考えるのも終わりになるさ」鋭い目をリジーのほうに向けたが、腹立たしいことに、ジョゼフがいじめても、もうリジーの目に涙が浮かびはしなかった。

「なんでわざわざかって、お坊ちゃん？」ジェニーが言った。「お嬢さまはよいお給料をくださるし、すてきで優しくて親切だからよ。ジョゼフ、あんたみたいな人にはわかんないことでしょうけどね」

「けんかしていても、この問題の解決にはならない」レインバードは苛立って言った。「あのみすぼらしい犬まで、子羊のようにおとなしくなってしまった。餌をやりすぎだぞ、アンガス。寝てばかりいるじゃないか。ハンティンドン侯爵に噛みついてくれないかな。お嬢さまが侯爵の腕のなかに飛びこむか、傷口を洗うかできるように」

「あいつがもういっぺん尻に噛みついても、それはないな」料理人が言って、げらげら笑った。

ミドルトン夫人は、恋文の力を心から信じていた。

「侯爵にお手紙を送るのはどうかしら――メトカーフ嬢から届いたと思われるような、とても……その……温かいお手紙で、ご訪問をお願いするのよ。そうね、あしたの夜十時に。お嬢さまはフランクリン邸の夜会から戻られて、真夜中までフィリップス邸の音楽会には出かけられないわ」

「それがうまくいくとしても」レインバードは言った。「スペンサーさんをどうする？　どうやって追い払おうか？」

「縛っちまおうよ」デイヴがはしゃいで言った。

「スペンサーさんは、レインバードさんをとても気に入ってます」リジーが言った。「ここへお呼びして、しばらくのあいだ引き留めておけばいいわ。スペンサーさんは、上等なワインが大好きだし」

「でも、メトカーフ嬢は、あなたがスペンサーさんを連れてったら不思議に思うかもしれませんよ」アリスが指摘した。「どういうことなのか確かめに、ここに下りていらっしゃるかも。それで、侯爵さまが着いたら、スペンサーさんもいっしょに上階《うえ》に行ってしまうわ」

「こっそりスペンサーさんに会えるよう、手配できると思う」レインバードは茶目っ気たっぷりに目を輝かせて言った。「まあ、あまりしっかりした計画ではないが、ほかに思いつかなければ、試してみてもいいだろう」

使用人たちは夜遅くまで寝ないで、最初の計画から別の計画まであれこれ考えた。最後には、ミドルトン夫人の思いつきを採用することにした。レインバードは階段を駆けのぼって、上等な羊皮紙《ようひし》と、ハリエットが手紙に使っている簡素な封印を取ってきた。

ミドルトン夫人が、ろうそくを手もとに引き寄せて書き始めた。レインバードに宛てたつもりで気持ちをこめて綴《つづ》った華麗な文章は、みんなの温かい賞賛を受けた。

〝親愛なるハンティンドン卿〟とミドルトン夫人は書いた。〝わたくしは、もうすぐ田舎へと出発いたします。けれど、とうの昔にわたくしが許しているおかた、日々心に思っているおかたにお別れを言わずに発ちたくはございません。もし、わたくしの心からの言葉に愛想を尽かされていないなら、尊敬の温かなしるしを受け止めてくださるなら、心からのお別れの言葉を口にする許しを与えてくださるなら、どうか今夜十時に屋敷へいらしてくださいませ。あなたの従順なるしもべ、H・メトカーフ〟

「すばらしい！」レインバードは言った。「ジョゼフがこれを朝一番に届ければいい」

「読んでみてよ」デイヴがせき立てた。

執事が読み上げた。女性たちはほうっとため息をついたが、料理人は言った。「侯爵は、お嬢さまからじゃないってわかるだろうな。上品さが足りない」

ミドルトン夫人が、《エディンバラ・レビュー》（イギリスの季刊雑誌（一八〇二～一九二九）。ロマン派詩人を攻撃したことで有名）にこき下ろされた詩人と同じくらい惨めな顔をした。ほかの者たちは跳び上がって家政婦を弁護し、アンガスに、出ていって料理鍋に頭でも突っこんでいろと言った。

翌朝レインバードは、スペンサー嬢が起きて着替えたことをジェニーに確かめたあと、寝室の扉を軽くノックした。ジョゼフィン・スペンサーにとってレインバードは、目の前に現れ、独身であることをたまに後悔させるようになった唯一の男だった。スペンサー嬢は、執事の生き生きとした灰色の目と喜劇役者のような顔が好きだった。しなやかな体が好きだった。少しも礼儀に外れることなく、自分を興味深く魅力的な貴婦人だと感じさせてくれる話術が好きだった。だからレインバードに、私事について賢明な助言を頂戴したいので、今夜十時十五分前に使用人部屋にいらしていただきたいと頼まれると、快く応じた。執事が、できればメトカーフ嬢にはお話しにならないでもらいたい、お嬢さまは立派な貴婦人ではあるがスペンサー嬢ほど世の中についての知識をお持ちではないので、とつけ加えると、スペンサー嬢はひどく好奇心をそそられ、ハリエットには言わないと約束した。

ジョゼフはいちばん上等な仕着せに身を包んで、偽造された手紙を侯爵の街屋敷に届けた。アンガス・マグレガーは正しかった。ハンティンドンはそれがハリエットからだとはまったく信じず、ベリンダがロンドンに戻ってきて悪さをたくらんでいるのだろうかと考えた。疑いを説明した添え状をつけてハリエットに送ろうとしたところで、もしかするとこれが、ふたりきりで会う口実になるかもしれないと考えた。ハリエットがロンドンを発つつもりだということは知っていたし、二度と会えなくなる前に、せめて少しでもふたりだけで話したかった。手紙はよい口実になるだろう。ハリエットが本当に書いたと信じるふりをすればいい。一日が過ぎていくにつれ、ハリエットが本当に書いたと信じたい気持ちが分別を追いやり、思春期の少年のようにそわそわしながら、しわくちゃになったクラヴァットを次から次へと放り投げ、ようやく望ましい形に仕上げた。

スペンサー嬢は最初、使用人部屋が使用人でいっぱいなのを見て気分を害した。しかしレインバードに、ミドルトン夫人が快く部屋を使わせてくれることになったと言われ、裏階段の踊り場にある家政婦の居間に案内された。

ほかの使用人たちは、侯爵がなかへ通されたらすぐに屋敷を出るようにと、きびしく命じられていた。ジョゼフは、必ずビューティーを連れていくようにと言われた。

十時五分前には、レインバードはスペンサー嬢の注意をしっかり引きつけていた。上等なボルドーワインのグラスを手に、スペンサー嬢は六七番地で起こったあらゆる冒険と騒動の物語に聞き入った。どんな助言を求めているのか、執事はしばらくしたら話し始めるに違いない。しかしそれまでのあいだ、居心地のよい居間で腰をかけ、愉快で魅力的な執事の話を聞くのは楽しかった。長居すべきではないが、ハリエットは付添いが必要になれば、表の居間の呼び鈴を鳴らすだろう。スペンサー嬢は、ゆったり椅子にもたれてくつろいだ。

ハンティンドンはジョゼフに出迎えられ、表の居間に通された。ジョゼフはお辞儀をして、メトカーフ嬢をお呼びします、と言った。

侯爵は、階段を下りてくるハリエットを見た。先ほどハリエットは、ドレスを着替え終えたとき、ジョゼフにハンティンドン侯爵が話をするために待っていると聞かされて、驚きにびくりとした。

「スペンサー嬢はいらっしゃるわね？」ハリエットはきいた。

「はい」ジョゼフは答え、スペンサー嬢は家政婦の居間にいるし、表の居間にいるかと尋ねられたのではないから、嘘とはいえないと考えた。

それからジョゼフは階段を駆け下りて、ほかの者たちに加わった。一同は移動中の小さな軍隊のように、外階段を忍び足でのぼり、大きな骨をくわえさせて黙らせたビューティーを連れて、静かに闇のなかへ消えた。

「ハンティンドン卿！」ハリエットは、ひとりきりでいる侯爵を見て叫んだ。「どうぞお座りになって、スペンサー嬢を呼びますから」

ハリエットは暖炉のそばにある呼び鈴を引っぱった。レインバードが厨房にある呼び鈴のワイヤーを切っていたので、スペンサー嬢が疑いをいだくようなジャンジャンという音はしなかった。

「すぐにいらっしゃるわ」ハリエットは言って、ひどくそわそわしている自分をたしなめた。とにかく、屋敷は使用人でいっぱいなのだから。

「ぼくが来たのは」ハンティンドンは言って、ふたたび立ち上がり、行ったり来たりし始めた。「きみが差出人だという、この奇妙な手紙を受け取ったからなんだ」

くるりと振り返って、手紙を差し出す。

ハリエットは注意深くそれを読んだ。「いいえ。わたしは書いていないわ」

ハンティンドンは、ひどく間が抜けた惨めな気持ちになった。

「メトカーフ嬢、どちらにしてもぼくはここに来た。ふたりきりで会うのはあれ以来初めてだ。だから、きみにお詫びしたい。あんなふうに乱暴なやりかたできみを責めたことを、本当に、心の底から申し訳なく思う。その手紙を書いたのはぼくではないが、それはぼくの気持ちを——みごとなほどに——表現しているよ。お別れを言わずに、きみが発ってしまったら耐えられない」

「わたしはあなたを、とうの昔に許しています」ハリエットが言って、薄いモスリンのドレスに埋めた両手をぎゅっと組み合わせた。髪に小さな青い花を対にして飾り、とても清らかでありながらとてもなまめかしく見えたので、ハンティンドンはわれを忘れる前に急いで帰るべきだと気づいた。

「メトカーフ嬢」ハンティンドンは言った。「以前、ぼくはきみに求婚した。きみを……魅力的だと……これまでに会ったどんな女性よりも魅力的だと思ったからだ。でもぼくは、まるでわがままな子どもが砂糖菓子をつかもうとするかのように、単純にきみをつかみ取ろうとした。安心してくれ、もう二度とぼくのわずらわしい視線にさらされることはないと約束しよう。きみは、正直さと純粋さそのものだ。ぼくのような者に縛りつけられてはもったいない」

「ご自分に対して不公平すぎますわ」ハリエットが言った。

「自分を飢《う》えたけだもののように感じさせるのは、きみだけ、きみひとりだけなんだ」

ハリエットの優しい心が、きゅっと締めつけられた。

「あなたをけだものだとは思わないわ」ハリエットはささやき声で言った。切望といとおしさが混じり合った気持ちに動かされ、つま先立ちになって侯爵の頬に唇を寄せる。しかし、頬にキスをしようとしたところで、侯爵が不意に顔の向きを変えたので、キスはまっすぐ唇をとらえた。ハンティンドンは必死に自分を抑えようとしたが、いつの間にか鋼のベルトのように両腕を回して、唇と唇をしっかり重ね、貪《むさぼ》るようにキスをして、しなやかな柔らかい体をきつく抱き締めていた。目がくらむような激しい情熱にとらわれていたので、自分の唇にふさがれた慎み深い唇が開き、押しつけられた体が震えて脈打っていることに気づかなかった。

ハンティンドンは唐突な叫び声とともに唇を離した。「許してくれ！」と言って、扉のほうへ足を向ける。

「ハンティンドン！」ハリエットが切羽詰まった声で言って、侯爵の袖をつかんだ。「置き去りにしないで。もう一度キスして」

ハンティンドンは腕のなかにハリエットを抱き上げた。ぐっと顔と顔を近づけてから、もう一度唇を重ねる。そして、片方の大きな手でハリエットの胸を包みこんだ。

「ハリエット！」スペンサー嬢が、ぱっと立ち上がった。「ハリエットの悲鳴が聞こえたわ」

「通りにいる誰かでしたよ、いとしいかた」レインバードが言った。

スペンサー嬢は立ったまま、ぽかんと口をあけて執事を眺め、自分は本当に愛の言葉を聞いたのだろうか、それとも妄想だろうかと考えた。レインバードは、愛の神に、勇気を与えてくれるよう祈った。必要なのは、あと三十分持ちこたえる力だけだった。きっとそれまでには、上階の男女は何かを解決するところまで行けるだろう。

「わたしは身分の低い使用人です、スペンサーさま。結婚もしています」レインバードは嘘をついた。「哀れな妻は田舎に住んでいて、わたしは妻を愛してはいませんが、見捨てられないのです」

「でも、使用人は結婚できないでしょう」スペンサー嬢が言った。

「まだほんの若いころ、この仕事を始める前に結婚したのです」レインバードは続けた。「あなたが間もなく発たれることは知っていました……それで……少しだけお話ししたかったのです。わたしの厚かましさにうんざりされたなら、どうぞお引き取りください」

「ああ、レインバード」スペンサー嬢がため息をついて執事に歩み寄り、両腕を広げた。「どうして今のあなたを、置き去りにできるでしょう？」

「決してきみを置き去りになどしないよ、ハリエット」侯爵が言った。「愛の行為で怖がらせたくはないが、ぼくと結婚しなくてはいけない」

ハリエットは侯爵の胸に顔をうずめて、はにかみながら言った。「ああ、ハンティンドン、あなたを思う気持ちの強さが怖いわ！」

われを忘れた侯爵は、ハリエットの唇を何度も何度も奪った。

いつの間にかふたりは、しっかり唇を重ね合わせたまま床に倒れた。ハンティンドンは、ほとんどハリエットが気を失うまでキスをしたあと、肘を立てて身を起こし、最愛の人の顔を優しく見下ろした。そのときになってようやくハリエットは、窓から吹くそよ風が裸の胸を撫でていくのを感じた。

「わたしたち、どうかしているわね」ハリエットは言って上半身を起こし、ドレスの肩の部分を引き上げた。

「ジョゼフィンがいつ来てもおかしくないのに」

「できるだけ早く結婚しよう。いいね?」侯爵がきいた。

「ええ」ハリエットは答えた。「一刻も早く」

ハンティンドンは立ち上がって、ハリエットを抱き起こし、くしゃくしゃに乱れた髪を優しく整えてやった。

「だったら、それまでは慎みを保とう」侯爵は言った。屋敷の異常なほどの静けさに耳を澄ましてから、笑う。

「誰が手紙を書いたのかわかったよ、いとしい人。きみは世界一すばらしい使用人を持ったな」

「もしかすると、ジョゼフィン――スペンサーさんが……?」

「いいや、スペンサーさんはぼくのような男を認めないからね。きっときみのことも認めないよ、いとしい人、きみの奔放《ほんぽう》さを見たとしたら！」

クラージズ通りの使用人たちは、グリーンパークで星空の下に座り、レインバードはどうしているだろう、自分たちの計画はうまくいったのだろうかと考えていた。ビューティーはリジーの膝に頭をのせ、いびきをかいて寝ていた。

「すてきなシーズンだったわ」リジーは穏やかな声で言った。「自分が変わってくみたい。勉強をすると、自分が変わってくみたいに思えるものなのね。あたし、新聞がだいたい読めるようになったのよ」

「きみは、ぼくたちを置いて出ていくんだ」ジョゼフが言った。「けど、誰が気にする？ どっちみち、ぼくは気にしないね」

リジーは小さな笑みを浮かべて身をかがめ、片手をジョゼフの手の上に置いた。ジョゼフがもう一方の手をリジーの手に重ねて、星をにらんだ。とても怒った顔をしていたが、リジーの手を放しはしなかった。

「あたしたち、いつか自由になれると思う？」アリスがため息をついた。「あたしとジェニーはブライトンで、とっても感じのいいふたり組の男に声をかけられたのよ。でもふたりは一文なしの兵隊だったわ。だとしたら、どうやってあたしたちを養ってくの？ ふたりが結婚のことを何か言ったってわけじゃないわ。でも、ハンサムな男と出歩けるなんて、めったにないことでしょ。そう思わない、ジェニー？」

「ふむ、宿屋を手に入れたら、おまえたちの誰かと結婚してやってもいいぞ」アンガス・マグレガーが言ったので、全員がどっと笑った。特にアンガスが、このなかの誰でも我慢してやると言ったときには。

「レインバードさんは、こんなシーズンがもう一回あれば、じきに宿屋を買えるだろうって言ってるよ」デイヴが言った。「なんて名前にする？」

全員が、お気に入りの話題――宿屋の名前を考えること――に熱中し始めた。一方そのころ六七番地では、レインバードがスペンサー嬢の頭をいっぱいにさせておくために勇ましく奮闘し、ハンティンドン侯爵はあとキスひとつで帰ろうと自分に言い聞かせていた……あとひとつ……あとひとつで。

シーズンの終わり。最初に発ったのは、スペンサー嬢だった。ハリエットは侯爵の両親、パーヴィーター公爵夫妻のもとに滞在するため、その日の遅い時間に発つ予定だった。

ハリエットと使用人たちは外の石段の上に立ち、スペンサー嬢に手を振って別れを告げた。

スペンサー嬢はハリエットを抱き締め、男性のように使用人たちと握手をしたあと、執事のほうを振り返った。

「さようなら、レインバード」スペンサー嬢が言った。執事を見つめながら、目を温かな色に輝かせ、なめし革のような顔の表情を和らげる。「ありがとう……ああ、いろいろとありがとう」

レインバードがスペンサー嬢を見て、ほかの使用人たちから少し顔を背けた。ハリエットが驚いたことに、執事が片方のまぶたをさっと閉じて、ウインクするのが見えた。

そして午後には、ハリエットが出発する番になった。リジーをいっしょに連れていこうと、侍女の地位を約束したが、リジーは大泣きしながら断った。ほかの使用人たちがいっしょにとどまることはわかっていたし、全員がいつか自由を獲得したときには彼らとともにいたかったのだ。

使用人たちは、侯爵から金貨の入った財布を受け取っただけでなく、ひとりずつ温かな握手をされて誇らしさと喜びを覚えた。ハリエットは侯爵の手を借りて、ビューティーとともに馬車に乗りこんだ。ビューティーは、女主人が首に巻いてくれたリボンを引きちぎったあと、絹の切れ端をくちゃくちゃ嚙んでいた。侯爵が昇降段に片脚を掛けて立ち、ずらりと並んだ使用人たちを見た。ひとりの顔からもうひとりの顔へ視線を移していき、ミドルトン夫人のところでぴたりと止める。

「すばらしい手紙だったよ、ミドルトン夫人」侯爵が言った。「本当に気持ちをこめて書いたんだな」

ミドルトン夫人がまるで少女のようなくすくす笑いを漏らし、両手で顔を覆った。

馬車は角を曲がって、ピカデリーに入った。使用人たちは馬車が完全に見えなくなるまで手を振ってから、寂しい気持ちでしょんぼりと屋敷に戻っていった。

風を通すべきベッドと、運び出すべき寝具と、布で覆うべき家具があった。

それから、唱えるべきいつものお祈り、シーズンが終わるたびにみんなで唱えるお祈りがあった。

「今シーズンの借り手をありがとうございます、神さま。来シーズンも、どうぞわたしたちに借り手をお与えください」